照美ちゃんかわいそう

ばあちゃん、お話聞かせて(2)

小山矩子
Noriko Koyama

文芸社

も・く・じ

一　上級《じょうきゅう》生《せい》のころ

一　上級生のころ

入学式《にゅうがくしき》を終《お》えたばかりなのに、校門《こうもん》の桜《さくら》は散《ち》ってしまいました。

健《けん》ちゃんのパパはまだキルギスから帰《かえ》ってきません。パパの留守中《るすちゅう》に健《けん》ちゃんは五年生《ごねんせい》に、よし子《こ》ちゃんは四年生《よねんせい》に進級《しんきゅう》しました。

「健《けん》ちゃんいますか！」

友達《ともだち》の紘《こう》ちゃん、雄《ゆう》くんの二人《ふたり》です。肩《かた》にはグローブを通《とお》したバットをかついでいます。

今日《きょう》は土曜日《どようび》なのです。

「おやおや、しばらく見《み》ないうちに大《おお》きくなったねえー」

ばあちゃんは久《ひさ》しぶりにやってきた紘《こう》ちゃんと雄《ゆう》くんを見《み》て驚《おどろ》きました。

「ばあちゃん、ぼくたち上級生《じょうきゅうせい》になったんだよ」

紘《こう》ちゃんが言《い》いました。

「五年生《ごねんせい》になると上級生《じょうきゅうせい》なんだって。だからばあちゃん、これから『健《けん》ぼう』って言《い》わないでよー」

靴《くつ》のひもを結《むす》びながら、健《けん》ちゃんが言《い》いました。

「おやおやそうかい。上級生《じょうきゅうせい》って大《おお》きくなったってことなんだねえ。それで四年生《よねんせい》のときとどんなことが変《か》わったんだね」

「うーん、いろいろあるけどもさ。なんたって一番《いちばん》はクラスがかわって、友達《ともだち》がかわったっていうことだよ」と健《けん》ちゃん。

でも健《けん》ちゃんが少《すこ》しがっかりしたのは、優《ゆう》ちゃんが隣《となり》のクラスにかわってしまったことです（優《ゆう》ちゃんって、おれ好《す》きだったのになあ）。

健《けん》ちゃんは急《きゅう》に優《ゆう》ちゃんのことを思《おも》い出《だ》し、さみしい気持《きも》ちになりました。

「教室《きょうしつ》だって三階《さんがい》になったし、受《う》け持《も》ちの先生《せんせい》だってかわったよ」

一　上級生のころ

紘《こう》ちゃんはあたらしい教室《きょうしつ》が気《き》にいっています。窓《まど》から広々《ひろびろ》としたグラウンドだって見《み》えるのです。

「でも、ぼくたち同《おな》じクラスでよかったなあ。家《いえ》に帰《かえ》ってからだって、いっしょに遊《あそ》べるもんなあ」

「行《い》こうぜ！」

「行《い》こうぜ！」

みな外《そと》へ飛《と》び出《だ》していきました。

(わしにも上級生《じょうきゅうせい》の時《とき》があったなあ……)

ばあちゃんは、自分《じぶん》の高学年《こうがくねん》のころを思《おも》い出《だ》そうと目《め》をつむりました。

ばあちゃんは遠《とお》くへ引《ひ》っ張《ぱ》られて行《い》かれるようなふしぎな気持《きも》ちになりました。

それは、雨《あめ》のあと、急《きゅう》にお天気《てんき》になったので、陽気《ようき》のせいかもしれません。

いいえ、それは上級生《じょうきゅうせい》になった健《けん》ちゃんたちの張《は》り切《き》った元気《げんき》に、ばあちゃんのなにかが、目《め》ざめたのかもしれません。

やがて、

「つまんないの！」

「ついてねえよなあ！　健《けん》ちゃん、パソコンゲームでもやろうよ」

紘《こう》ちゃんを先頭《せんとう》に、三人《さんにん》は文句《もんく》を言《い》いながら帰《かえ》ってきました。雨《あめ》の後《あと》のグラウンドは使《つか》えないのです。

「よし！　ゲームやろうぜ、上《あ》がれよ」

そこへばあちゃんが顔《かお》を出《だ》しました。

「おやおや上級生《じょうきゅうせい》さん、ちょうどいいところへ帰《かえ》ってきた。前《まえ》からみんなに聞《き》いてみたいなあ、と思《おも》っていたことがあるのさ。ちょうどいいあんばいだ。今日《きょう》は、みんなに話《はな》してもらおうかな」

そう言《い》いながら、ばあちゃんは、健《けん》ちゃんたち上級生《じょうきゅうせい》の仲間入《なかまい》りをしました。

「聞《き》きたいことってなに？」

「それはな、神様《かみさま》が『一《ひと》つだけ願《ねが》い事《ごと》を聞《き》いてあげる』って言《い》ったら、どんなことをお願《ねが》いしたいかってこと」

「なぁーんだそんなこと。簡単《かんたん》さ」

「それってどんなことでもいいの？」

「ああ、そうだよ」

「ぼく、明日《あした》の塾《じゅく》の試験《しけん》に百点《ひゃくてん》がとれますようにってお願《ねが》いしたいよ。算数《さんすう》、国語《こくご》、社会《しゃかい》、理科《りか》の四科目《よんかもく》だよ。四科目同時《よんかもくどうじ》に百点《ひゃくてん》だったら、みな驚《おどろ》くよ」

　健《けん》ちゃんが言《い》うと、

「ぼくも同《おな》じ！　ママが大喜《おおよろこ》びするよ」

　雄《ゆう》くんも同感《どうかん》です。

「ちょっと待《ま》てよ。神様《かみさま》にお願《ねが》いするんだろう？　そうだったら、もっとでっかいことがいいよ。がんばったってかなわないこと、神様《かみさま》にしかできないようなこと……」

　紘《こう》ちゃんが言《い》いました。

「そうか!!　そうだよなあー。神様《かみさま》にお願《ねが》いするんだものなあー」

　健《けん》ちゃんも、紘《こう》ちゃんも、雄《ゆう》くんも考《かんが》え込《こ》んでしまいました。

「そうだぼく、足《あし》や指先《ゆびさき》からぴゅーってエネルギーを噴射《ふんしゃ》して、地球《ちきゅう》を飛《と》びまわるふしぎな力《ちから》をもらいたい。ほらアトムのようにさ」

　紘《こう》ちゃんが目《め》をかがやかせて言《い》いました。

「そうだよなあー。そして地球《ちきゅう》を一周《いっしゅう》するんだ!　南極《なんきょく》だって、北極《ほっきょく》だって、ジャングルにだって行《い》けるぞー。すげえなあー」

　雄《ゆう》くんも大賛成《だいさんせい》です。

「それだったら、ついでに火星《かせい》にも行《い》ってみたいよ。この間《あいだ》、テレビで火星《かせい》には水《みず》があったらしいって言《い》ってた。ひょっとしたら火星人《かせいじん》も住《す》んでいるかもしれないよ」

健《けん》ちゃんもどうやら宇宙《うちゅう》へ飛《と》び出《だ》したいようです。

「そうだ、三人《さんにん》で同《おな》じお願《ねが》いをして火星探険《かせいたんけん》をする。どうだい！」

「おもしろいや。火星人《かせいじん》と走《はし》ったりボールを投《な》げたり、取《と》ったり！」

「そして友達《ともだち》になった火星人《かせいじん》を地球《ちきゅう》に連《つ》れてくる」

雄《ゆう》くんと健《けん》ちゃんは、すっかりその気《き》です。

「え！　火星人《かせいじん》って地球《ちきゅう》で住《す》めるの？」

健《けん》ちゃんは少《すこ》し心配《しんぱい》になりました。

「火星人《かせいじん》って頭《あたま》いいのかなあ。運動神経《うんどうしんけい》もぼくたちよりいいのかなあ。なあ健《けん》ちゃん、もしそうだったら、ぼくたちやられてしまうよ」

「そうなったら地球《ちきゅう》に帰《かえ》ってこれない」。紘《こう》ちゃんは少《すこ》し心配《しんぱい》になりました。

「そうだよなあー」

一　上級生のころ

ここで健《けん》ちゃんも、紘《こう》ちゃんも、雄《ゆう》くんも考《かんが》えてしまいました。

「おやどうしたのかね。火星探険《かせいたんけん》はやめたのかい」

ばあちゃんは、にこにこしながら聞《き》きました。

「ちょっと休《きゅう》けい。はじめから考《かんが》え直《なお》し……」

三人《さんにん》は行《い》ったことのない、でもいつかは行《い》きたい世界《せかい》の話《はなし》に夢中《むちゅう》になったせいか、楽《たの》しい気分《きぶん》になりました。

「ばあちゃん！　ばあちゃんは、神様《かみさま》にどんなことをかなえてもらいたいの」

健《けん》ちゃんは聞《き》きました。

「そうさねえ、ばあちゃんはただ一《ひと》つ。『高学年《こうがくねん》にしてください』とお願《ねが》いする」

「ひえ!!　なんで」

「もういちど子《こ》どもになりたいの！」

「宿題《しゅくだい》だの、テストだのあって大変《たいへん》なんだよ！」

健《けん》ちゃんも、紘《こう》ちゃんも、雄《ゆう》くんもおどろきました。

「歌手《かしゅ》だの、タレントになりたいって言《い》うんならわかるけどさ」

「若《わか》くなりたいって言《い》うのもわかるけどさ」

「きれいな洋服《ようふく》がほしいって言《い》うんならわかるけどさ」

健《けん》ちゃんたち三人《さんにん》がそれぞれに言《い》いました。

「ほっほっほっ……。だれだったかな、さっき言《い》ってただろう。ほら、神様《かみさま》にお願《ねが》いするんだから、人《ひと》さまの力《ちから》ではできない、でっかい願《ねが》いよ」

「でも、なぜ高学年《こうがくねん》に戻《もど》りたいの？」

ばあちゃんは頭《あたま》を右《みぎ》、左《ひだり》に傾《かし》げて〝うふ〟と恥《は》ずかしそうに笑《わら》いました。

（なにを言《い》うのかな）と三人《さんにん》は耳《みみ》をすませました。

「高学年《こうがくねん》になってばあちゃんは新《あたら》しい本《ほん》を見《み》ておどろいたさ。理科《りか》だの、社会科《しゃかいか》だの、いままでになかった本《ほん》があるのさ……。なんたっておどろいたのは地図帳《ちずちょう》。

どんなことを勉強《べんきょう》するんだろうってな。わくわくしたさ。そうそう、理科《りか》の本《ほん》には変《か》わった形《かたち》のびんや小道具《こどうぐ》があってね」

「それって実験道具《じっけんどうぐ》だろう。そうだよねえ、健《けん》ちゃん」

「そうだよ。そんなものがめずらしかったの？」

健《けん》ちゃんは〝なあーんだ〟と思《おも》いました。そんなの以前《いぜん》から知《し》ってると、言《い》わんばかりです。

「ばあちゃんは理科《りか》の係《かかり》だったので、理科《りか》の時間《じかん》の前《まえ》に、その実験道具《じっけんどうぐ》を準備《じゅんび》するのさ。理科《りか》の時間《じかん》が待《ま》ちきれなかったねえ。

そうそう、理科《りか》の本《ほん》にへびの写真《しゃしん》があってな。それも一匹《いっぴき》じゃない、いろんなへびなんだよ。へびも準備《じゅんび》しなけりゃいけんのかとおどろいた。ばあちゃんへびは大《だい》きらいなんだよ」

「へんなの……」

「それでどうしたの？」

「ところが、ばあちゃんが高学年《こうがくねん》になったころから、日本《にほん》の国《くに》は戦争《せんそう》の準備《じゅんび》に忙《いそが》しくなってな。世《よ》の中《なか》がざわついてきたのさ。勉強《べんきょう》もざわついてきたのかなあ。あんなに楽《たの》しんでいた実験《じっけん》もどんなことをしたのか覚《おぼ》えていない。

そのはずだよなあー。その年《とし》の十二月《じゅうにがつ》、とうとう日本《にほん》は戦争《せんそう》にはいってしまったさ」

「………」

「………」

「地図帳《ちずちょう》の勉強《べんきょう》はとても楽《たの》しみにしていたけど、覚《おぼ》えているのは教室《きょうしつ》に大《おお》きな地図《ちず》が貼《は》ってあって、地図《ちず》に小《ちい》さな日《ひ》の丸《まる》を貼《は》っていったこと。南《みなみ》の方《ほう》の小《ちい》さな島《しま》に、日《ひ》の丸《まる》が重《かさ》なるように貼《は》られていったよ」

「それってどういうこと」

「日本《にほん》が戦争《せんそう》で勝《か》ったところに貼《は》っていったんだねえ」

「どんどん勝《か》っていったの？」

「ん、どんどん勝《か》っていったよ」

「でもその戦争《せんそう》は、最後《さいご》は敗《ま》けたんでしょう」

「そうだよ」

「ばあちゃん、ばあちゃんはなぜ高学年《こうがくねん》のころに戻《もど》りたいの？　戦争《せんそう》のころがよかったから？」

「戦争《せんそう》がいいって思《おも》う人《ひと》はいないよ。戦争《せんそう》はなにもかも打《う》ちこわしてしまうんだからねえ。ばあちゃんの勉強《べんきょう》したいっていう気持《きも》ちも、いつの間《ま》にか消《き》えてしまったさ」

「でもばあちゃん、戦争《せんそう》が終《お》わって、それからだって勉強《べんきょう》できたでしょう、だのになぜ高学年《こうがくねん》のころに戻《もど》りたいの？」

「そうだよなあ。でもな、あのころの燃《も》えるようなふしぎな気持《きも》ちは、それから後《あと》はついぞわいてこなかった。だからあのころに戻《もど》って、やりたいことに挑戦《ちょうせん》してみたいんだよ。そしたら今《いま》と違《ちが》うばあちゃんになっていたかもねえ。自分《じぶん》から『やりたいと思《おも》う気持《きも》ち』はとても大切《たいせつ》なんだよ」

「………」

「………」

「そんなこと思《おも》ったことないよ。いつでも、なんでもできるって思《おも》ってた。でも、もう戦争《せんそう》なんてしないでしょう」

健《けん》ちゃんが言《い》うと、

「そうとは言《い》えないよ。今《いま》だってイラクの子《こ》どもたちは、戦争《せんそう》でひどい目《め》にあっているんだって、テレビを見《み》たよ」

健《けん》ちゃんの言葉《ことば》に、あわてて紘《こう》ちゃんが言《い》いました。

「『やりたい』ことをじゃますのは戦争《せんそう》だけじゃないよ」

「まだあるの？　信《しん》じられない！」

「病気《びょうき》になったらどうだね？」

「そーか!!」

ばあちゃんの言葉《ことば》に雄《ゆう》くんは納得《なっとく》です。

「高学年《こうがくねん》になったら、スッポンのように『食《く》い付《つ》いたら離《はな》さない』ものをみつけるといいよ。スポーツだって探険《たんけん》だって、本《ほん》を読《よ》むことだって、なんでもいいさ」

「………」

「………」

「………」

「ぼくもやりたいこと考《かんが》えよう。そしてスッポンみたいに、食《く》い付《つ》いたら離《はな》さないんだ」

「ピシッピシッ」とパンチのまねをしながら、紘《こう》ちゃんが大《おお》きな声《こえ》で言《い》いました。

紘《こう》ちゃんはテレビでみた、K—1の曙《あけぼの》とボブ・サップの試合《しあい》を思《おも》い出《だ》したのです。

やがて、三人《さんにん》は昨日《きのう》のK—1の話《はなし》をはじめました。曙《あけぼの》はすぐに敗《ま》けたけど、試合《しあい》の前日《ぜんじつ》までの厳《きび》しい練習《れんしゅう》で顔《かお》を歪《ゆが》めた曙《あけぼの》を、つぎつぎに思《おも》い出《だ》し、曙《あけぼの》の苦痛《くつう》の顔《かお》をまねしはじめました。そのうち三人《さんにん》は立《た》ち上《あ》がり、キックやパンチのまねをはじめました。

「でもな、曙《あけぼの》がボブ・サップをにらみつけて『また対戦《たいせん》する』と言《い》っただろう。あのガッツがスッポンなんだよなあ。なあ、ばあちゃん」

紘《こう》ちゃんの言《い》っている意味《いみ》が、ばあちゃんはなんのことだか、さっぱりわかりませんが、

（なんか元気《げんき》が出《で》たんだなあー。高学年《こうがくねん》ってやっぱりいいなあ）と思《おも》いました。

二　よし子《こ》ちゃんの悩《なや》み

二　よし子ちゃんの悩み

後《うし》ろから仲良《なかよ》しの由美《ゆみ》ちゃんが、よし子《こ》ちゃんの名前《なまえ》を呼《よ》びながら追《お》っかけてきます。

よし子《こ》ちゃんは振《ふ》り向《む》きもしないで家《いえ》まで来《く》ると、一気《いっき》に玄関《げんかん》に駆《か》け込《こ》みました。

ぴしゃりっと玄関《げんかん》の戸《と》を閉《し》めるなり、よし子《こ》ちゃんは子《こ》ども部屋《べや》の隅《すみ》っこに膝《ひざ》を抱《かか》えて座《すわ》り込《こ》んでしまいました。

（まあちゃん、ひどいわ。それに由美《ゆみ》ちゃんだって……）

めずらしく、よし子《こ》ちゃんはぷんぷんとおこっています。

「よし子《こ》ちゃんたら！」

由美《ゆみ》ちゃんが部屋《へや》に入《はい》ってきました。よし子《こ》ちゃんはぷいと後《うし》ろ向《む》きになりました。

「ねえよし子《こ》ちゃん、なにをおこっているの？」

どうも由美《ゆみ》ちゃんには、よし子《こ》ちゃんのおこっているわけがわからないようです。

しばらく沈黙《ちんもく》がつづきました。

（だめだわ）。由美《ゆみ》ちゃんは帰《かえ》ろうかと思《おも》いました。

その時《とき》、よし子《こ》ちゃんは背《せ》を向《む》けたまま、

「わたし、由美《ゆみ》ちゃんのグループに入《はい》りたかったのに……」

「なーんだ、遠足《えんそく》のグループのこと？」

よし子《こ》ちゃんは小《ちい》さくうなずきました。

由美《ゆみ》ちゃんは、よし子《こ》ちゃんのおこっているわけがやっとわかりました。

今日《きょう》の五時間目《ごじかんめ》の学級会《がっきゅうかい》は、遠足《えんそく》のグループづくりでした。〝好《す》きな

二　よし子ちゃんの悩み

人同士《ひとどうし》〟と決《き》まったので、みなわいわいと楽《たの》しくグループをつくったのです。真《しん》ちゃんごめんね。わたし、急《きゅう》に真《しん》ちゃんから引《ひ》っ張《ぱ》られたものだから、真《しん》ちゃんののグループに入《はい》ってしまったの」

「「………」

由美《ゆみ》ちゃんは小《ちい》さな声《こえ》であやまりました。

真《しん》ちゃんは真介《しんすけ》くんという名前《なまえ》で、クラスの女《おんな》の子《こ》たちの人気者《にんきもの》なのです。笑《わら》わせるのが得意《とくい》で、その上《うえ》サッカーだって跳《と》び箱《ばこ》だって最高《さいこう》、かっこいいのです。真《しん》ちゃんのまわりはいつも友達《ともだち》でいっぱいです。

今日《きょう》のグループづくりにも、真《しん》ちゃんは引《ひ》っ張《ぱ》りだこでした。

よし子《こ》ちゃんは、仲良《なかよ》しのみっちゃんと、同《おな》じグループなのでよかったのですが、まみちゃんが真《しん》ちゃんを引《ひ》っ張《ぱ》って自分《じぶん》のグループに入《い》れたのです。そのあと真《しん》ちゃんが由美《ゆみ》ちゃんを引《ひ》っ張《ぱ》って、同《おな》じグループに入《い》れてしまったのです。

二　よし子ちゃんの悩み

（まみちゃんのばか！　真《しん》ちゃんのばか！　由美《ゆみ》ちゃんだって……）

五時間目《ごじかんめ》の学級会《がっきゅうかい》のことを思《おも》い出《だ》して、よし子《こ》ちゃんはまた腹立《はらだ》たしくなりました。

実《じつ》はよし子《こ》ちゃんは真《しん》ちゃんが好《す》きなのです。バレンタインデーでチョコをあげても、みんなの中《なか》でごちゃごちゃになってしまって、ちっとも気持《きも》ちがつたえられないのです。

（まみちゃんとは絶交《ぜっこう》！　由美《ゆみ》ちゃんとも絶交《ぜっこう》！）

よし子《こ》ちゃんは両手《りょうて》で耳《みみ》を押《おさ》えて頭《あたま》をたれました。

「おやおやどうしたの？」

ママは部屋《へや》の空気《くうき》が変《へん》なのに気《き》がつきました。

「おばあちゃん、ちょっと二人《ふたり》の様子《ようす》をみてくれませんか」と居間《いま》でテレビをみているばあちゃんに声《こえ》をかけました。

二　よし子ちゃんの悩み

「おやおや仲良《なかよ》しさん、どうしたのかね。今日《きょう》は変《へん》だねー」

「………」

「………」

しばらくしてよし子《こ》ちゃんがばあちゃんに、

「ねえばあちゃん、ばあちゃんが小学生《しょうがくせい》のころ、男《おとこ》の子《こ》と女《おんな》の子《こ》と仲良《なかよ》しだった？」

「え、なんのことだね」

「好《す》きな子《こ》とかいた？」

「ますますなんのことだか、ようわからんなあ。組《くみ》の中《なか》の好《す》きな男《おとこ》の子《こ》？」

ほっほっほっほっ、ばあちゃんは口《くち》をすぼめて、楽《たの》しそうに笑《わら》いました。

「ばあちゃんの子《こ》どものころはな、『男女七歳《だんじょななさい》にして席《せき》を同《おな》じゅうせず』っていってな。七歳《ななさい》になったら、男《おとこ》の子《こ》といっしょに並《なら》んだり遊《あそ》んだり、そうだな、仲《なか》よくしちゃいけないっていうきまりがあったんだよ。好《す》きだの、きらいだの考《かんが》えたことなかったよ。男《おとこ》の子《こ》といっしょに遊《あそ》ぶなんてとんでもないことさ」

「席《せき》を同《おな》じにしちゃいけないってことは、『並《なら》んじゃいけない』ってことだけじゃなかったのですね」


いつの間《ま》にかママもいっしょにばあちゃんの話《はなし》を聞《き》いています。

「そうだったんだねえ。男組教室《おとこぐみきょうしつ》と女《おんな》の子《こ》ばかりの教室《きょうしつ》があって、ばあちゃんなんぞ男《おとこ》の子《こ》の教室《きょうしつ》がどこにあるのか、どんな男《おとこ》の子《こ》がいたのかさえもしらなかったよ」

「じゃあ、好《す》きな男《おとこ》の子《こ》、どうして見《み》つけるの？」


よし子《こ》ちゃんはふしぎに思《おも》いました。

「好《す》きな子《こ》を探《さが》すって？ なんのことだい？ 男《おとこ》の子《こ》と女《おんな》の子《こ》が同《おな》じ教室《きょうしつ》で勉強《べんきょう》をしたり運動《うんどう》をするのは、好《す》きな子《こ》を見《み》つけるためなのかい？ ママはどう思《おも》う？ ばあちゃんはそうじゃないと思《おも》うよ」

「だって、好《す》きな男《おとこ》の子《こ》や女《おんな》の子《こ》がいるって楽《たの》しいじゃない」

二　よし子ちゃんの悩み

二　よし子ちゃんの悩み

由美《ゆみ》ちゃんの意見《いけん》に、よし子《こ》ちゃんもうなずきました。

「そうだよなあー。同《おな》じ組《くみ》に男《おとこ》の子《こ》と女《おんな》の子《こ》がいるってのは楽《たの》しいだろうなあ。ばあちゃんもそう思《おも》うよ。ところで〝男《おとこ》の子《こ》と女《おんな》の子《こ》は違《ちが》うなあ〟って思《おも》ったことないかい？　勉強《べんきょう》がよくできるとか力《ちから》が強《つよ》いとかそんなことじゃなくて。なんていうのかなあー。〝考《かんが》えていること〟とか〝いっしょうけんめいになること〟とかー。そんなこと」

「男《おとこ》の子《こ》って、もの知《し》りなんだよ。社会科《しゃかいか》の勉強《べんきょう》、おもしろくなるよね、由美《ゆみ》ちゃん」

「そうねえ。跳《と》び箱《ばこ》だって、マラソンだって、男《おとこ》の子《こ》がすごくがんばるので、女《おんな》の子《こ》もつられてがんばってしまうわ」

「わたしだって、跳《と》び箱五段《ばこごだん》が跳《と》べたんだから……。ふしぎでしょうがない。わたしって体育《たいいく》ペケなのにさ、逆上《さかあ》がりだって出来《でき》るようになったよ」

よし子《こ》ちゃんは真《しん》ちゃんが見《み》てるので、逆上《さかあ》がりがんばったことを思《おも》い出《だ》しました。

「そうでしょう。男《おとこ》の子《こ》だって『女《おんな》の子《こ》ってすごいなあ』と思《おも》っていること、たくさんあると思《おも》うわよ。ねえ、おばあちゃん」

「そうだよ。男《おとこ》の子《こ》と女《おんな》の子《こ》が同《おな》じ組《くみ》にいるってことはすばらしいことだよ。しらずしらずのうちに、教《おし》えたり教《おし》えられたりして、がんばりあっているわけだ。ばあちゃんだって、男《おとこ》の子《こ》が同《おな》じ組《くみ》にいたらがんばって、ひょっとしたらオリンピックの選手《せんしゅ》になっていたかもしれんなあ。ホホホホホ」

ばあちゃんは楽《たの》しそうに笑《わら》いました。

「ばあちゃん、運動神経《うんどうしんけい》だめなんだから、そんな選手《せんしゅ》になんてなれないと思《おも》うわ」

ワハハハハ。よし子《こ》ちゃんの言葉《ことば》に、みな大笑《おおわら》いです。

「中学生《ちゅうがくせい》、高校生《こうこうせい》、大学生《だいがくせい》。それから世《よ》の中《なか》に出《で》て働《はたら》くうちにいろんな人《ひと》と出会《であ》い、いろんなことを覚《おぼ》えていくんだねえ。そこで好《す》きになったりきらいになったり。けんかをしたり仲良《なかよ》しになったり、楽《たの》しいねえ」

よし子《こ》ちゃんはなんだか今《いま》までの〝もやもや〟が消《き》えていったように思《おも》いました。

「由美《ゆみ》ちゃん図書館《としょかん》に行《い》かない？　川《かわ》の起《お》こり調《しら》べに行《い》こうよ。しっかり調《しら》べてこんどの発表会《はっぴょうかい》でがんばろうよ」

「わかった、かばん置《お》いてくるわ。まあちゃんもさそってくるから、待《ま》ってて」

由美《ゆみ》ちゃんはあわてて部屋《へや》を出《で》ていきました。

よし子《こ》ちゃんは鼻歌《はなうた》を歌《うた》いながら、手《て》さげにノートと筆入《ふでい》れを入《い》れました。

窓《まど》をあけて由美《ゆみ》ちゃんたちを待《ま》ちました。

三　健《けん》ちゃんの悩《なや》み

三　健ちゃんの悩み

「おや健《けん》ぼう、帰《かえ》っていたんだね」

ばあちゃんは、子《こ》ども部屋《べや》の隅《すみ》でうずくまっている健《けん》ちゃんに声《こえ》をかけました。

「健《けん》ぼうって、言《い》わないでって言《い》ったでしょ！」

健《けん》ちゃんがつっけんどんに言《い》い返《かえ》しました。

「お兄《にい》ちゃん、今日《きょう》はきげんが悪《わる》いの。ヒステリーなの！」

よし子《こ》ちゃんが小声《こごえ》で言《い》いました。

「ヒステリーとはねえ」

ばあちゃんはにこにこしながら、居間《いま》の方《ほう》に行《い》きました。テレビのスイッチを入《い》れると画面《がめん》いっぱいに満開《まんかい》の桜《さくら》の花《はな》が映《うつ》りました。桜《さくら》前線《ぜんせん》は東北《とうほく》地方《ちほう》に

三　健ちゃんの悩み

上陸《じょうりく》したようです。

「世《よ》の中《なか》、花見《はなみ》で浮《う》かれている人《ひと》もいるって言《い》うのに、子《こ》どものヒステリーとはいただけないねえ……」

「まさか健太《けんた》がヒステリーとは」

ママと幸子《さちこ》ねえちゃんは、顔《かお》を見合《みあ》わせてクスクスと笑《わら》いました。

夕飯《ゆうはん》になっても健《けん》ちゃんはぶすっとしています。ときどき下《した》を向《む》いて〝ふっ〟とため息《いき》もつくのです。普通《ふつう》ではありません。

「健《けん》ちゃん、学校《がっこう》でなにがあったのか話《はな》してごらん」。ママが言《い》うと、

「ぼく学級《がっきゅう》委員《いいん》になったんだ……」。健《けん》ちゃんはまた、ため息《いき》をつきました。

「あら、おめでとう。健《けん》ちゃんやったね」

ママはうれしそうです。

「なんとか委員《いいん》って級長《きゅうちょう》のことだろう。すごいじゃないか。さっそくパパに報《しら》せなくっちゃねえ。パパ喜《よろこ》ぶよ」

三　健ちゃんの悩み

ばあちゃんもうれしそうです。幸子《さちこ》ねえちゃんは「ふーん」と気《き》のない返事《へんじ》です。

「ぼく学級委員《がっきゅういいん》なんてなりたくない！　殺《ころ》されてしまうよ」

「殺《ころ》されるとはぶっそうな。そんなに忙《いそが》しいのかい？」

「そんなんじゃないよー。学級委員《がっきゅういいん》の言《い》うことなんて聞《き》くやつは一人《ひとり》もいやしないよ。みな自分勝手《じぶんかって》なんだ。クラスのこと一《ひと》つだって決《き》まっていかないよ」

「そうなのよママ、一種《いっしゅ》のいじめなのよ。だからだれも委員《いいん》になりたがらないの」

幸子《さちこ》ねえちゃんは小学校《しょうがっこう》のころのことを思《おも》い出《だ》しました。

「学級委員《がっきゅういいん》って選挙《せんきょ》で選《えら》ぶんでしょう。クラスの代表《だいひょう》ですもの、名誉《めいよ》なことじゃないの」

「それが代表《だいひょう》じゃなくて、困《こま》らせるための選挙《せんきょ》になっているの。クラスの意見《いけん》をまとめられない人《ひと》をわざと選《えら》んだりするの」

「高学年《こうがくねん》の学級委員《がっきゅういいん》はクラスの代表《だいひょう》で学校《がっこう》の児童会《じどうかい》にでなきゃならないんだ。ただ出席《しゅっせき》するんじゃなくてクラスの意見《いけん》をもって……。だからみんなの協力《きょうりょく》がないと困《こま》るんだよ」

「健《けん》ちゃん、なんで委員《いいん》に選《えら》ばれたんだと思《おも》う。いじめられるわけでもあるの？」

ママは小声《こごえ》で心配《しんぱい》そうに聞《き》きました。

「わからない。でもクラス替《が》えをしたでしょう、だからはじめに四年生《よねんせい》のときのクラスから三人《さんにん》ずつ選《えら》び出《だ》して、九人《くにん》のなかから学級委員《がっきゅういいん》を選《えら》ぶ選挙《せんきょ》をしたんだ。そしてその選挙《せんきょ》でぼくが選《えら》ばれたんだ」

健《けん》ちゃんはまたため息《いき》をつきました。

「ちょっと待《ま》って健《けん》ちゃん！　ちょっと様子《ようす》が違《ちが》うわよ」

幸子《さちこ》ねえちゃんがストップをかけました。

三　健ちゃんの悩み

「それっていやがらせじゃないわ。まじめな気持《きも》ちで選《えら》んだ子《こ》かなりいるわ。学期始《がっきはじ》めで、みんなまだおたがいのことわかってないんだもの……」

「選挙《せんきょ》を遊《あそ》びに使《つか》っちゃいけないわ。議員《ぎいん》さんの選挙《せんきょ》に大勢《おおぜい》の人《ひと》が投票《とうひょう》しなかったりふざけて投票《とうひょう》したら日本《にほん》の国《くに》は大変《たいへん》なことになるのよ。ねえおばあちゃん」

ママが強《つよ》い言葉《ことば》で言《い》いました。

ばあちゃんは〝そうだよ〟というように大《おお》きくうなずきました。

「ねえばあちゃん、ばあちゃんが子《こ》どものころ、学級委員《がっきゅういいん》ってなかったの？」

今《いま》までの話《はなし》をだまって聞《き》いていたよし子《こ》ちゃんが、思《おも》い出《だ》したようにばあちゃんに声《こえ》をかけました。

「いやー、あったさ。級長《きゅうちょう》ってのがね。でもな選挙《せんきょ》じゃなくて任命《にんめい》だったよ」

「任命《にんめい》ってどういうこと？」

幸子《さちこ》ねえちゃん、健《けん》ちゃん、よし子《こ》ちゃんの三人《さんにん》は声《こえ》をあわせて聞《き》きました。

三　健ちゃんの悩み

「級長《きゅうちょう》は受《う》け持《も》ちの先生《せんせい》が選《えら》んで、校長先生《こうちょうせんせい》が決《き》めるのさ。級長《きゅうちょう》や副級長《ふくきゅうちょう》に選《えら》ばれた人《ひと》はあたらしい学期《がっき》の始業式《しぎょうしき》の日《ひ》に、全校《ぜんこう》の子《こ》どもたちの前《まえ》で校長先生《こうちょうせんせい》から大《おお》きな紙《かみ》に書《か》いた証書《しょうしょ》をいただくのさ。一人《ひと》ひとりだよ」

「その紙《かみ》にはなんて書《か》いてあるの？」

よし子《こ》ちゃんはふしぎに思《おも》いました。

「そうだなあー。『この学期《がっき》の級長《きゅうちょう》を命《めい》じます』ってさ」

「へー。すごいなあー。かっこつけたらクラスがよくまとまるのかー」

健《けん》ちゃんはうまくいくコツをつかんだ気《き》がしました。

「ねえばあちゃん、学級委員《がっきゅういいん》は受《う》け持《も》ちの先生《せんせい》が選《えら》んだらうまくいくのかしら」

健《けん》ちゃんが思《おも》っていたことを幸子《さちこ》ねえちゃんも言《い》いました。

健《けん》ちゃんはその答《こた》えを耳《みみ》をすませて待《ま》っています。

「いいやそんな簡単《かんたん》にはいかんさ。ばあちゃんは先生《せんせい》に選《えら》ばれて級長《きゅうちょう》になった

三　健ちゃんの悩み

ことがある。でもな、そのころの級長《きゅうちょう》は先生《せんせい》のお手伝《てつだ》いや、言《い》われたことをきちんと守《まも》るのが大事《だいじ》な仕事《しごと》で、みんなの意見《いけん》をまとめるなんてことはなかった。だから健太《けんた》みたいに考《かんが》えこむことはなかったさ」

「じゃあ、のん気《き》でいいねえ」

健《けん》ちゃんはうらやましそうです。

「ところがそうはいかない。受《う》け持《も》ちの先生《せんせい》が出張《しゅっちょう》で自習《じしゅう》のときだった。ばあちゃんは自習《じしゅう》をしないでむちをもって机《つくえ》の間《あいだ》をぐるぐると回《まわ》って歩《ある》いた。授業中《じゅぎょうちゅう》の先生《せんせい》のまねをしてたんだねえ。

何回目《なんかいめ》の自習《じしゅう》のときだったか、清《きよ》ちゃんという子《こ》のそばにいったとき、その子《こ》が『勉強《べんきょう》は出来《でき》ないくせにいばるな！』って言《い》ったんだよ。ばあちゃんおどろいたねえ。

考《かんが》えてみるとあたらしい受《う》け持《も》ちの先生《せんせい》は、級《きゅう》長《ちょう》や副級長《ふくきゅうちょう》を教室《きょうしつ》の一番《いちばん》後《うし》ろの席《せき》に座《すわ》らせたんだ。ばあちゃんは小《ちい》さいだろう、だからいつも教室《きょうしつ》では

三　健ちゃんの悩み

前《まえ》のほうの席《せき》だったんだよなあ。ばあちゃんは後《うし》ろの席《せき》がめずらしくて、やがて校庭《こうてい》の体育《たいいく》の授業《じゅぎょう》のとりこになってしまった。みんなよそ見《み》（脇見《わきみ》）ってしたことあるかい？　あれってくせになるんだねえ。ばあちゃん、ついにそのよそ見《み》がやめられなくなってしまって。よそ見《み》をしていると、先生《せんせい》に『田村《たむら》！』『田村《たむら》！』って大《おお》きな声《こえ》で注意《ちゅうい》されていたのさ」

「………」

「………」

「ばあちゃんのこと、いばっていると思《おも》われていたんだねえ。えこひいきされていると思《おも》われていたのかもしれないねえー。だから友達《ともだち》は心《しん》からばあちゃんのことを小《ちい》さい先生《せんせい》と思《おも》ってはいなかったのさ。選挙《せんきょ》だったらばあちゃんは絶対《ぜったい》に級長《きゅうちょう》になんてなれなかったよ。

そこへいくと選挙《せんきょ》はいい選《えら》び方《かた》だ。だれだって学級委員《がっきゅういいん》になれるんだものなあ。みんなに選《えら》ばれて委員《いいん》になるなんてすばらしいことだよ」

三　健ちゃんの悩み

「選《えら》ばれたっていうことは、すばらしいことだとママも思《おも》うわ」

「ねえちゃんが言《い》ったように、クラスの子《こ》のなかには健太《けんた》を応援《おうえん》している子《こ》がきっといるはずだよ。一人《ひとり》いたらそれでいいじゃないか。

　みんなの考《かんが》えをよく聞《き》いて、いっしょうけんめいにやってみな、そんな健太《けんた》に気《き》が付《つ》く子《こ》はきっといる。そんな子《こ》を一人《ひとり》から二人《ふたり》、二人《ふたり》から三人《さんにん》と増《ふ》やしていけばいいさ。楽《たの》しいじゃないか」

「ママもそう思《おも》うわ、簡単《かんたん》にはいかないと思《おも》うけど希望《きぼう》をもちたいな」

「うん、やりがいあるなあー」

　幸子《さちこ》ねえちゃんは腕組《うでぐ》みしながら言《い》いました。

　健《けん》ちゃんは少《すこ》し気持《きも》ちが楽《らく》になりました。本気《ほんき》になって学級《がっきゅう》委員《いいん》をやってみようかなと思《おも》いました。

「ぼく、紘《こう》ちゃん家《ち》に行《い》ってくる！」

　健《けん》ちゃんは急《いそ》いで残《のこ》りのご飯《はん》を飲《の》み込《こ》み、玄関《げんかん》へ走《はし》りました。

三　健ちゃんの悩み

隣《となり》のポチが健《けん》ちゃんのあとを追《お》っかけていきました。
（健《けん》ぼうは大丈夫《だいじょうぶ》さ）。ばあちゃんはそう思《おも》いました。

四　大根《だいこん》のひげ

四　大根のひげ

「ばあちゃん、こんにちは！」

「よし子《こ》ちゃんいますかぁー」

まあちゃんの声《こえ》を聞《き》き付《つ》けて奥《おく》からよし子《こ》ちゃんが出《で》てきました。

「おや、あたらしい顔《かお》だね」

「うん。この子《こ》パパの転勤《てんきん》で博多《はかた》っていうところから転校《てんこう》してきたの。照美《てるみ》ちゃんって言《い》うの」

照美《てるみ》ちゃんは「こんにちは」と言《い》うようにぴょこんと頭《あたま》を下《さ》げました。

「博多《はかた》とは、またずいぶんと遠《とお》くから越《こ》してきたんだねえ」

「新幹線《しんかんせん》ののぞみに乗《の》れば五時間《ごじかん》ほどで東京《とうきょう》に来《こ》られるのよねえ、照美《てるみ》ちゃん」

まあちゃんは照美《てるみ》ちゃんを見《み》ました。

「うん。でもね、飛行機《ひこうき》だと一時間《いちじかん》ちょっとで来《こ》られるわ」

「便利《べんり》になったもんだねえ。ばあちゃんがはじめて東京《とうきょう》に出《で》てきたときは、汽車《きしゃ》でね、二十五時間《にじゅうごじかん》ほどかかった。一日《いちにち》かかったわけだねえ」

「えーっ」

照美《てるみ》ちゃんはおどろいたようです。

「おまけに人《ひと》がいっぱいで、かけるところなどなくて、通路《つうろ》に新聞《しんぶん》を敷《し》いて座《すわ》った。そんな場所《ばしょ》でもあれば、ありがたかったよ。ご飯《はん》も寝《ね》るのもそのままでな、一番困《いちばんこま》ったことはなんだと思《おも》う……。トイレさ。トイレに行《い》くのに座《すわ》っている人《ひと》の間《あいだ》を『すみません』『すみません』って言《い》いながらね、通《とお》してもらった」

「お酒《さけ》の臭《にお》いで気持《きも》ちが悪《わる》くなったねえ。でもね、富士山《ふじさん》が見《み》えたときはみんな『わーすごい、富士山《ふじさん》だ！』って立《た》ち上《あ》がってさ……」

四　大根のひげ

「わたし飛行機《ひこうき》だったから富士山《ふじさん》見《み》えなかったわ。雲《くも》ばっかり……」

「あれ！　だって雲《くも》の上《うえ》に富士山顔《ふじさんかお》出《だ》してなかったの？　ほら、♪頭《あたま》を雲《くも》の上《うえ》に出《だ》し、って歌《うた》あるじゃない」

「そうよねえ、富士山《ふじさん》っていつでも雲《くも》の上《うえ》に頭《あたま》を出《だ》してるわけじゃないの？」

まあちゃんもよし子《こ》ちゃんもふしぎに思《おも》いました。

「ところで、このおちびちゃんはどこの子《こ》だね」

「わたしの弟《おとうと》。進《すすむ》って言《い》うの。ママがお出《で》かけなので保育園《ほいくえん》に迎《むか》えにいったの。進《すすむ》、ばあちゃんに『こんにちは』は」

まあちゃんは弟《おとうと》の頭《あたま》を手《て》で下《した》へ押《お》しました。

「こんにちは！」。進《すすむ》ちゃんは大《おお》きな声《こえ》でばあちゃんにあいさつをしました。

「進《すすむ》ちゃんも、お姉《ねえ》ちゃんもいい子《こ》だねえ」

ばあちゃんはうれしそうに頭《あたま》をぴょこんと下《さ》げました。

四　大根のひげ

「弟《おとうと》のお守《も》りとは。そりゃあえらい。ばあちゃんの子《こ》どものころは弟《おとうと》や妹《いもうと》の守《も》りは子《こ》どもの仕事《しごと》だったよ。どこに遊《あそ》びに行《い》くにも弟《おとうと》や妹《いもうと》を連《つ》れていったものよ。

そうそう子守《こも》りといえば、農繁期《のうはんき》になると赤《あか》ちゃんをおんぶして学校《がっこう》に来《く》る友達《ともだち》もいたねえ。毎日《まいにち》ってことじゃあないけど、どうしようもなかったんだねえ」

「へえー、教室《きょうしつ》に赤《あか》ちゃんがいるの？」

「そうだよ。小《ちい》さい弟《おとうと》や妹《いもうと》がいることもあったねえ。おむつやおやつを持《も》ってな」

「授業中《じゅぎょうちゅう》はどうするの？　じゃまにならないの？」

「先生《せんせい》もまわりの友達《ともだち》も承知《しょうち》したものさ、いっしょに遊《あそ》んだり守《も》りをしてやったりしたさ。おむつだって上手《じょうず》に取《と》りかえていたよ」

「赤《あか》ちゃん、泣《な》いたりしないの？」

四　大根のひげ

「うん泣《な》いたら、背中《せなか》から下《お》ろしてミルクを飲《の》ませることもあったし、教室《きょうしつ》からそっと出《で》ていくんだ。泣《な》き止《や》んだら教室《きょうしつ》に戻《もど》ってくればいいだろう」

「農繁期《のうはんき》ってなんなの、ばあちゃん?」

よし子《こ》ちゃんもまあちゃんも照美《てるみ》ちゃんもはじめて聞《き》く言葉《ことば》です。

「うん農家《のうか》の人《ひと》の忙《いそが》しい時期《じき》のことでな、五月《ごがつ》の稲《いね》を植《う》えるころと、十月《じゅうがつ》の稲《いね》を刈《か》り取《と》るころは猫《ねこ》の手《て》も借《か》りたいほど忙《いそが》しかったんだ」

「猫《ねこ》の手《て》?」

「………」

「………」

「子《こ》どもはたいそう役《やく》に立《た》った。どのうちの子《こ》もよく手伝《てつだ》いをしたものさ」

「保育園《ほいくえん》とか幼稚園《ようちえん》はなかったの?」

「そういえば田植《たう》えの農繁期《のうはんき》のときは学校《がっこう》が休《やす》みになって、その間講堂《あいだこうどう》(体育館《たいいくかん》)が託児所《たくじしょ》になっていたなあ。託児所《たくじしょ》って、保育園《ほいくえん》みたいなものさ。

農家《のうか》をやってない家《いえ》のおばさんが世話《せわ》をしていたんだと思《おも》うよ。ばあちゃんの家《いえ》は農家《のうか》じゃないので託児所《たくじしょ》に行《い》って子《こ》どもたちと遊《あそ》んだねえ」

「じゃあ、ばあちゃんは家《いえ》のお手伝《てつだ》いはしなかったの？　農家《のうか》じゃないんでしょう」

「いやあ使《つか》いに行《い》った」

「スーパーに行《い》くの？」

「とんでもないよ。そのじぶんスーパーなんてないさ。ざるを持《も》ってとうふやあげを買《か》いに行《い》ったり、びんを下《さ》げてしょうゆ屋《や》さんにしょうゆを買《か》いに行《い》ったり、酒《さけ》を買《か》いに行《い》ったり、油《あぶら》を買《か》いに行《い》ったりした。お使《つか》いは子《こ》どもの仕事《しごと》だったよ。

そうそう、夏《なつ》になると植木《うえき》や畑《はたけ》の野菜《やさい》の水《みず》やりをさせられた。水《みず》やりはばあちゃんと弟《おとうと》の係《かかり》でね、二人《ふたり》で交代《こうたい》でやっていた。ばあちゃんはそのきまりが守《まも》れなくてねえ。よくしかられたよ。

四　大根のひげ

あれは夏《なつ》の夕方《ゆうがた》だったねえ。またまた遊《あそ》びほうけてしまって、水《みず》やりをいいかげんにすませてしまった。夜《よる》、父《とう》さんに『水《みず》をやったか』って聞《き》かれたので『やったよ』って返事《へんじ》をしたんだけどすぐにばれてしまって。植木《うえき》がしょんぼりとしてしまうのさ。これじゃすぐに見破《みやぶ》られてしまうよなあ。大目玉《おおめだま》をもらったもんだよ。

野菜《やさい》の中《なか》ではなすが一番《いちばん》しまつが悪《わる》かったよ。あの大《おお》きい葉《は》がしおれたようになってしまうんだ。『死《し》にそうです……』ってなすが父《とう》さんに言《い》い付《つ》けそうでね、あわてて水《みず》をやったものさ。そうすると少《すこ》しずつ少《すこ》しずつ生《い》き返《かえ》る。ふしぎだったねえ。しかられることなんぞ忘《わす》れてしまって、何度《なんど》も見《み》にいったものさ」

「ばあちゃんはおてんばだったの？」

「そうだなあー。勉強《べんきょう》なんてそっちのけで、よく遊《あそ》んだよ。地面《じめん》に書《か》いた線《せん》が見《み》えなくなって、あわてて遊《あそ》びを止《や》めて走《はし》って家《いえ》に帰《かえ》った。どこの家《いえ》にも電気《でんき》がついていてね、『しまった！』とあわてたもんだよ」

「お帰《かえ》りの放送《ほうそう》はなかったの？」

「ああ、そんなものはなかった。自分《じぶん》で考《かんが》えて『帰《かえ》る』って決《き》めるのよ」

「時計《とけい》だってだれも持《も》っていないんでしょう。決《き》めにくいよねえ」

照美《てるみ》ちゃんがまあちゃんにそっと言《い》いました。まあちゃんは「そうよねえ」

と言《い》うようにうなずきました。

「そうそうもう一《ひと》つ、忘《わす》れられないお手伝《てつだ》いがあった。こんなおばあさんにな
っても時々夢《ときどきゆめ》にみるんだよ」

「なあにそれって！　おもしろそう！」

「それはねえ、大根《だいこん》のひげ取《と》り……。大根《だいこん》にはひげが生《は》えているってこと知《し》っ
てるかい？」

ばあちゃんは〝どうだね〟と言《い》うようにみんなの顔《かお》を見《み》ました。まあちゃん
も、照美《てるみ》ちゃんも、よし子《こ》ちゃんも「ううん」と頭《あたま》を横《よこ》に振《ふ》りました。

四　大根のひげ

「たくあんにひげがあるのを見《み》たことあるわ！」

みっちゃんが急《きゅう》に言《い》いました。

「それって小《ちい》さな穴《あな》から一本《いっぽん》、次《つぎ》の穴《あな》から一本《いっぽん》って。食《た》べるとき気《き》になるから抜《ぬ》いてるわ」

「そうそう、そのひげだよ。あのひげはね、一本《いっぽん》の大根《だいこん》に二列《にれつ》、上《うえ》から下《した》に向《む》かって生《は》えているのさ。スーパーで丸《まる》ごとの大根《だいこん》をよーく見《み》てみな。

冬《ふゆ》が来《く》る前《まえ》にどこの家《いえ》でも大根《だいこん》の漬物《つけもの》を漬《つ》けた。たくあんて言《い》ってな、ほらカリカリといい音《おと》の出《で》るあれさ。あんたたちもすきだろう」

「うん、あれっておいしいよねえ。うちのママなんてお茶《ちゃ》づけで食《た》べてる」

照美《てるみ》ちゃんは、なんだか楽《たの》しそうです。

「ばあちゃんの家《いえ》でも農家《のうか》から大根《だいこん》を買《か》ったさ。風呂《ふろ》おけのようなおけに漬《つ》け込《こ》むのだから大変《たいへん》な量《りょう》だ。それをくくって、風通《かぜとお》しのいい日陰《ひかげ》へ干《ほ》すんだな。何日《なんにち》かすると青々《あおあお》していた葉《は》っぱは茶色《ちゃいろ》になり、大根《だいこん》はしなってくるんだね。

水気《みずけ》がなくなってくるんだねえ。そうなったときだよ、大根《だいこん》のひげを抜《ぬ》くのよ。あのひょろひょろしたひげ一本一本《いっぽんいっぽん》だよ……。おまけに一本《いっぽん》の大根《だいこん》にひげの列《れつ》は二列《にれつ》あるんだから。こりゃ大変《たいへん》だ。

これがばあちゃんの手伝《てつだ》いだったわけさ。いやだったねえー。いくらやってもいくらやっても、大根《だいこん》の山《やま》は減《へ》らない……。そのうちひげがにくらしくなってねえ。ぐしゃぐしゃって乱暴《らんぼう》に抜《ぬ》くと切《き》れてしまって下《した》のほうが残《のこ》ってしまう。そうなるとますます面倒《めんどう》になる。

『あの大根一体《だいこんいったい》、何本《なんぼん》ぐらいあったんだろう』って今《いま》でも思《おも》い出《だ》すことがあるよ」

「ばあちゃん、変《か》わったお手伝《てつだ》いしたんだねえ。子守《こも》りのほうがまだ楽《たの》しいよねえ」

「昔《むかし》の子《こ》のほうがえらいなっていう感《かん》じ……」

「お手伝《てつだ》いだって『お家《うち》の役《やく》にたっているな』っていう感《かん》じ」

まあちゃんも、みっちゃんも感心《かんしん》したようです。

「まあちゃんだって、進《すすむ》ちゃん保育園《ほいくえん》に迎《むか》えに行《い》ったんだから……」

よし子《こ》ちゃんが言《い》いました。

「そうだよねえ。これってお手伝《てつだ》いだよねえ」

照美《てるみ》ちゃんも言《い》いました。

ばあちゃんはにこにこしながら「そうだよ、そうだよ」と言《い》うように頭《あたま》をたてに振《ふ》りました。

(わたしってどんなお手伝《てつだ》いしているかな……)よし子《こ》ちゃんは考《かんが》えました。でも思《おも》い出《だ》せません。

「ねえばあちゃん、お手伝《てつだ》いって家《いえ》の人《ひと》の役《やく》に立《た》つためにするの？

そうだったら、わたしん家《ち》は、ばあちゃんもママも幸子《さちこ》ねえちゃんだっているんだもの、それに健《けん》にいちゃんだって……。パパはキルギスでしょう……。手伝《てつだ》うことなんてなにもないわ」

よし子《こ》ちゃんは（わたしはどんなお手伝《てつだ》いができるかなあ）と考《かんが》えたのです。

「そうだねえ、家《いえ》それぞれ手伝《てつだ》ってほしいことは違《ちが》うよなあ。でもな、自分《じぶん》のことがちゃんとできるってのも『お手伝《てつだ》いのうち』とばあちゃんは思《おも》うよ。机《つくえ》の上《うえ》を整《せい》とんしたりさ、くつを洗《あら》ったりさ、ママ助《たす》かると思《おも》うよ。それに手伝《てつだ》いをするとな、生活《せいかつ》の知恵《ちえ》がつくんだよ」

「生活《せいかつ》の知恵《ちえ》ってなーに」

「そうだよなー、むつかしいなあー。なんて言《い》えばいいかなあー」

ばあちゃんは考《かんが》え込《こ》んでしまいました。

「そうだ！　まあちゃん、進《すすむ》ちゃんをここへ連《つ》れてくるのに知恵《ちえ》を出《だ》さなかったかい？

進《すすむ》ちゃんがわかるように話《はな》して聞《き》かせただろう？

それに進《すすむ》ちゃんが事故《じこ》にあわないように手《て》をつないだり、道《みち》の内側《うちがわ》にして守《まも》ってあげたり。

　まだまだあるよ、ゆっくり歩《ある》いたりしただろうよ。いろいろと考《かんが》えただろう」

「うん、ただ進《すすむ》を守《まも》っただけ。考《かん》えようなんて思《おも》わないのに考《かんが》えているのねえ。ふしぎ」

「そうだよ、そうだよなあ。それを生活《せいかつ》の知恵《ちえ》って言《い》うのさ。

　靴《くつ》を洗《あら》うんだって、どうしたらきれいに洗《あら》えるか、どんなブラシがいいとか考《かんが》えたり、本当《ほんとう》にやってみたり、そうするといろんなことがわかる。それが生活《せいかつ》の知恵《ちえ》なんだよ」

「じゃあばあちゃん、ばあちゃんは大根《だいこん》のひげを抜《ぬ》いてどんな生活《せいかつ》の知恵《ちえ》がついたの？」

　よし子《こ》ちゃんの質問《しつもん》に、

「これでも少《すこ》しはがまん強《づよ》くなったのかな」

　ばあちゃんは〝はっはっはっ〟と男《おとこ》の人《ひと》のように大笑《おおわら》いをしました。

よし子《こ》ちゃんは生活《せいかつ》の知恵《ちえ》って、学校《がっこう》の勉強《べんきょう》とはすごく違《ちが》うんだなと思《おも》いました。そしてお手伝《てつだ》いって大事《だいじ》なんだと思《おも》いました。

（わたしもなにかしようっと。ママにも話《はな》してみよう）と思《おも》いました。

五　さっちゃんのこと

五　さっちゃんのこと

　ばあちゃんは縁側《えんがわ》で新聞《しんぶん》を読《よ》んでいます。六月《ろくがつ》も終《お》わろうとしているのに雨《あめ》らしい雨《あめ》が降《ふ》らないのです。(今年《ことし》の梅雨《つゆ》は空梅雨《からつゆ》かな……)。ひとりごとを言《い》いながら、ばあちゃんは庭《にわ》に下《お》りようと、ぞうりに足《あし》をのばしました。そのときです。

「ばあちゃん大変《たいへん》、大変《たいへん》なの！」

　まあちゃんがあわてて飛《と》び込《こ》んできました。その後《うし》ろに、はあはあ息《いき》をしながら、由美《ゆみ》ちゃんとみっちゃんが追《お》っかけてきました。

「おやおやどうしたんだね。大《おお》きな声《こえ》で……」

　ばあちゃんは腰《こし》を伸《の》ばしながら振《ふ》り返《かえ》りました。

「和《かず》ちゃんが死《し》んだの！」

五　さっちゃんのこと

「死《し》んだって？　そりゃまた急《きゅう》に。いったいどういうことなんだね？」

ばあちゃんはびっくりして、聞《き》き直《なお》しました。

「和《かず》ちゃん、病気《びょうき》で四年生《よねんせい》になってから、ずーっとお休《やす》みしていたんだけど……」

「朝《あさ》の三時《さんじ》に亡《な》くなったんだって」

由美《ゆみ》ちゃんは、はなをすすりあげながら言《い》いました。

「かわいそうになあ。十歳《じゅっさい》そこらで死《し》んでしまうなんてなあ」

よし子《こ》ちゃんも学校《がっこう》から帰《かえ》ってきました。

「和《かず》ちゃん、『大《おお》きくなったら保母《ほぼ》さんになるんだ』って言《い》ってたのに……」

お掃除《そうじ》で同《おな》じ班《はん》だったまあちゃんは、和《かず》ちゃんのことをよく知《し》っています。

「和《かず》ちゃん、小《ちい》さい子《こ》がだいすきだったのよねえ」

「死《し》んでしまったら、なんにもできないよ」

よし子《こ》ちゃんが泣《な》きそうな声《こえ》で言《い》いました。

五　さっちゃんのこと

「そうだよ。きれいなドレスだって着《き》ることができないんだよ」

「ばあちゃん、人間《にんげん》って死《し》んだらどうなるの？」

「どこへ行《い》くの？　星《ほし》になるって、あれうそでしょ？」

「ばあちゃんはようわからん。でもな、死《し》んでしまったら、生《い》き返《かえ》ることはできないってことは間違《まちが》いない。もうどんなことをしても、生《い》き返《かえ》ることはできないんだよ。悲《かな》しいことだねえ」

「和《かず》ちゃんのママ、ずーっと泣《な》いてた」

「ママやパパを悲《かな》しませちゃいけないよなあ」

「先生《せんせい》も泣《な》きそうな顔《かお》をしていた……」

「人間《にんげん》っておじいさんやおばあさんになるまで、みんな生《い》きてるんだと思《おも》ってた」

　まあちゃんの言葉《ことば》に、よし子《こ》ちゃんも、由美《ゆみ》ちゃんも、みっちゃんもうなずきました。

「そうじゃないんじゃなあ。いつまで元気《げんき》でおれるかはだれにもわからん。病気《びょうき》なんぞにならんように、好《す》ききらいなどせんで（しないで）、よく食《た》べて外《そと》で元気《げんき》に遊《あそ》ぶんだなあー。テレビゲームばっかりしてちゃいかんよ」

「………」

「………」

「………」

「………」

「和《かず》ちゃん三年生《さんねんせい》のときは元気《げんき》だったよ。遠足《えんそく》で潮干《しおひ》がりに行《い》ったとき、一番《いちばん》たくさん採《と》って、みんなびっくりしたじゃない」

「そうだったわ。まあちゃんよく覚《おぼ》えてるわねえ」

よし子《こ》ちゃんは潮干《しおひ》がりのとき、和《かず》ちゃんのまわりにみんなが集《あつ》まったことを思《おも》い出《だ》しました。

「ばあちゃん、和《かず》ちゃんはまだ子《こ》どもなのになぜ死《し》んじゃったの？」

五　さっちゃんのこと

「寿命《じゅみょう》だったんだねえー」

「寿命《じゅみょう》ってなに？」

　よし子《こ》ちゃんの質問《しつもん》に、まあちゃんも、由美《ゆみ》ちゃんもみっちゃんも大《おお》きなこっくりをしました。

「なんて言《い》うかなあー。『生《い》きているながさ』って言《い》ったらわかるかなあ」

「ばあちゃんにもながさがあるの？」

「そうだよ」

「わたしたちも？」

「そうだよ」

「パパやママも？」

「そうだよ」

「ばあちゃん『生《い》きているながさ』ってだれが決《き》めるの」

「ばあちゃんにはわからん。でもな、人《ひと》の力《ちから》じゃどうすることもできん（できない）ものがこの世《よ》の中《なか》にはあるんじゃなあ」

「………」

「………」

「………」

「………」

「ばあちゃんの子《こ》どものときにも死《し》んだお友達《ともだち》いた？」

「そうだなあー」

ばあちゃんは頭《あたま》をかしげて目《め》をつぶりました。しばらく時間《じかん》がかかりました。

「そういえばそんなことがあったなあ。

さっちゃんって言《い》ってね。背《せ》の高《たか》い勉強《べんきょう》のよくできる子《こ》だったねえ。髪《かみ》の毛《け》が筆《ふで》で描《か》いたように額《ひたい》にくるっとカールしていてねえ。

二年生《にねんせい》のときだったかなあ、受《う》け持《も》ちの先生《せんせい》とお友達《ともだち》といっしょに、お墓参《はかまい》りに行《い》ったねえ。畑《はたけ》に菜《な》の花《はな》がいっぱい咲《さ》いていた。死《し》んだってどういうこと

五　さっちゃんのこと

だか、わからなかったねえ」

「お見舞《みま》いとか、お葬式《そうしき》のこと覚《おぼ》えてないの？」

「ずいぶん昔《むかし》のことだからねえ。でもな、大《おお》きくなってから、道《みち》ばたでさっちゃんのおかあさんに何度《なんど》か会《あ》ったけど、そのたびに『生《い》きていたらこんなに大《おお》きくなっているのに』と、おかあさんはいつも泣《な》いていた。いつまでも忘《わす》れられなかったんだねえ」

♪月《つき》にむら雲《くも》　花《はな》に風《かぜ》
散《ち》りてはかなき世《よ》のならい
月《つき》は見《み》えねどまた照《て》らす
花《はな》は散《ち》れどもまた咲《さ》きぬ

急《きゅう》にばあちゃんは小《ちい》さな声《こえ》で歌《うた》いはじめました。さみしくて、悲《かな》しいメロディーです。

ばあちゃんはもう一度《いちど》繰《く》り返《かえ》しました。

「ばあちゃん、その悲《かな》しい歌《うた》なんなの？」

「ばあちゃんが小学校《しょうがっこう》のとき、鎮魂祭《ちんこんさい》ってのがあった」

「鎮魂祭《ちんこんさい》ってなに？」

「そうだなあー。なんて言《い》えばいいかなあー。死《し》んだ人《ひと》の魂《たましい》をなぐさめてあげるお祭《まつり》って言《い》えばいいかなあ」

「魂《たましい》をなぐさめるってどういうこと？」

「そうだなあー」

ばあちゃんは目《め》をつぶって考《かんが》え込《こ》みました。

「そうだなあー、『やりたいこともたくさんあっただろうにできなくなってしまってくやしいでしょう。悲《かな》しいでしょう。でも死《し》んでしまったらどうしようもないのです。どうぞあの世《よ》でやすらかにお眠《ねむ》りください』って言《い》うことかなあ」

「うん、大体《だいたい》わかるわ」

「わたしも」

「わたしも」

由美《ゆみ》ちゃんにつづいて、まあちゃんもよし子《こ》ちゃんもみっちゃんも答《こた》えました。

「四年生《よねんせい》になると、いろんなことがわかるようになるんだねえ」

ばあちゃんはひとりごとを言《い》いながら、なんどもうなずきました。

「春《はる》だったかなあ？　それとも秋《あき》だったかなあ？　夏《なつ》の盆《ぼん》の近《ちか》くだったかもしれん。全校《ぜんこう》の子《こ》どもや先生《せんせい》がたが講堂《こうどう》（体育館《たいいくかん》）に集《あつ》まってな、亡《な》くなったお友達《ともだち》の魂《たましい》をなぐさめる祭《まつり》をしたんだよ。この歌《うた》はそのときに歌《うた》った歌《うた》なんだ。歌《うた》の文句《もんく》（意味《いみ》）を教《おそ》わって、ここがちーんとなったたねえ。『人間《にんげん》の力《ちから》ではどうにもならん（ならない）ことがこの世《よ》の中《なか》にゃ、あるんだ』ってこと感《かん》じたねえ。さみしかったねえ」

そう言《い》ってばあちゃんは胸《むね》に手《て》をあてました。

「講堂《こうどう》（体育館《たいいくかん》）の正面《しょうめん》の舞台《ぶたい》に祭《さい》だんをつくり白《しろ》い布《ぬの》がかけてあった。そこに亡《な》くなった人《ひと》の写真《しゃしん》が並《なら》べられていてね、その前《まえ》に果物《くだもの》やお菓子《かし》などが供《そな》えられていたなあ」

「ねえ、その歌《うた》なんて言《い》っているの？」

「歌《うた》の意味《いみ》かい？　そうだねえ。歌《うた》はまだまだ続《つづ》いていたと思《おも》うんだけど、

あのきれいなお月《つき》さまも、雲《くも》にかくされてしまって姿《すがた》を消《け》してしまう。
満開《まんかい》に咲《さ》いているあのきれいな花《はな》も、やがて風《かぜ》で散《ち》らされてしまう。
でもそれは自然《しぜん》のきまりでどうすることもできない。
でも、月《つき》は見《み》えなくなってもまた澄《す》んだ美《うつく》しい姿《すがた》をみせることはできるし、
花《はな》は散《ち》ってしまっても翌年《よくとし》になると、またきれいな花《はな》を咲《さ》かせ、わたしした

ちを楽《たの》しませてくれる。だのに死《し》んだお友達《ともだち》は、生《い》き返《かえ》っていっしょに遊《あそ》ぶことも勉強《べんきょう》することもできないのだ。

そんな意味《いみ》なんだねえ。みんなで悲《かな》しい気持《きも》ちを歌《うた》っていたんだねえ」

由美《ゆみ》ちゃんも、まあちゃんも、みっちゃんもよし子《こ》ちゃんも、静《しず》かにばあちゃんのお話《はなし》を聞《き》いています。

そして死《し》んでしまったら、もう一度《いちど》生《い》き返《かえ》ることはできないのだ、〝命《いのち》は大切《たいせつ》にしなくちゃいけない〟と思《おも》いました。

「人《ひと》の命《いのち》も大切《たいせつ》にしなくちゃいけないいんだよねえー」

由美《ゆみ》ちゃんがぽつんと言《い》いました。いつかの先生《せんせい》の言葉《ことば》を思《おも》い出《だ》したのです。

六

照美《てるみ》ちゃんかわいそう

六　照美ちゃんかわいそう

「ねえばあちゃん。ばあちゃんが子《こ》どものころにもいじめってあった？」

よし子《こ》ちゃんはランドセルを背負《せお》ったまま、ばあちゃんのいる庭《にわ》に直行《ちょっこう》しました。手《て》さげもさげたままです。

「おやおや、いま帰《かえ》ったのかい。どうしたって言《い》うんだい」

草取《くさと》りの手《て》を休《やす》めて〝よっこらせ〟とばあちゃんは腰《こし》を伸《の》ばしました。

よし子《こ》ちゃんの顔《かお》を見《み》たばあちゃんは、（おやいつもの元気《げんき》な顔《かお》とはちがうな）と思《おも》いました。

「荷物《にもつ》を置《お》いてきなさい。手《て》を洗《あら》ってね。おやつあるわよ」

ママが居間《いま》から声《こえ》をかけました。

「あのねえ、ママ大変《たいへん》なの。照美《てるみ》ちゃんて知《し》ってるでしょう。あの子《こ》がいじめられそうなの」

「ああ博多《はかた》から転校《てんこう》してきた子《こ》だろう。かしこそうないい子《こ》じゃないか。いじめとはぶっそうじゃなあー」

ひとりごとを言《い》いながらばあちゃんは、よし子《こ》ちゃんの立《た》っている縁側《えんがわ》にやって来《き》ました。

「知《し》らない土地《とち》に来《き》て、ただでさえ不安《ふあん》なのにねえ」

「よっちゃんや、みっちゃんたちで、守《まも》ってあげればいいじゃないか」

「そんなのんきなこと言《い》わないで。そんなことしたら、わたしや、みっちゃんまでいじめられるんだから」

「なんだか知《し》らないが大変《たいへん》なんだねえ」

「ねえママ。ママが小学校《しょうがっこう》のときいじめってあった？」

よし子《こ》ちゃんは縁側《えんがわ》から大《おお》きな声《こえ》で、ママにたずねました。

「そういえばそんなことあったような気《き》がするわ。『あの子《こ》とは話《はな》しちゃいけない』って」

　ママはエプロンをはずしながら、居間《いま》から出《で》てきました。

「照美《てるみ》ちゃんと同《おな》じだわ。それでママたち、その子《こ》とずーっと話《はな》さなかったの？」

「そう。きつい子《こ》たちがグループをつくっていてね。いじめられている子《こ》のそばに行《い》くことだって、できなかったわ」

　ママは縁側《えんがわ》に腰《こし》を下《お》ろしながら言《い》いました。

「照美《てるみ》ちゃんと同《おな》じ！　それでその子《こ》はどうなったの」

「かわいい明《あか》るい子《こ》だったのに、見《み》る見《み》るうちにしょんぼりしてしまって……。いつの間《ま》にかいなくなってしまった。転校《てんこう》していったのね……」

「照美《てるみ》ちゃんかわいそう。転校《てんこう》してきたばかりなのに……」

　よし子《こ》ちゃんは、どうすればいいのか、ますますわからなくなりました。

「照美《てるみ》ちゃん、いじめられるような、心《こころ》あたりでもあるの？」

「ううん、なんでなのかわからないの。『あの子《こ》と口《くち》をきいてはいけない』ってひそひそと伝《つた》わってきたの。そしてクラス中《じゅう》に広《ひろ》まったの」

「なにがあったんだろうねえ。やられる子《こ》はたまったもんじゃないよねえ」

ママもばあちゃんもだまりこんでしまいました。

「そういえば、ばあちゃんがよっ子《こ》と同《おな》じ年《とし》のころ、こんなことがあったなあ。なぜそんなことがはやってしまったのか、いまだにわからん（わからない）けどねえ。毛糸《けいと》の洋服《ようふく》（セーター）をむしるのがはやってね。毛糸《けいと》の服《ふく》を着《き》ている子《こ》を見《み》ると、みんなでよってたかってむしり取《と》った。親指《おやゆび》と人差《ひとさ》し指《ゆび》を使《つか》ってむしり取《と》るのさ。授業中《じゅぎょうちゅう》でも並《なら》んでいるときでも、むしった。むしり取《と》った毛糸《けいと》は、まるめるとピンポン玉《だま》ぐらいになった。テニスボールくらい集《あつ》めた子《こ》もいたよなあー」

「……………」

「ある日《ひ》、先生《せんせい》に呼《よ》ばれてえらくしかられた」

「……」

「あのとき、きっとだれの玉《たま》が一番大《いちばんおお》きいか、競争《きょうそう》になっていたんだねえ。だからむしられている人《ひと》のことなど頭《あたま》にない。だれの服《ふく》をむしっているのかも少《すこ》しも考《かんが》えない。毛糸《けいと》の服《ふく》が獲物《えもの》にしか見《み》えなかったんだねえ。ふしぎだねえ」

「……」

「だから、むしられている友達《ともだち》の気持《きも》ちなど、考《かんが》えてるひまなどありっこない。でもやられている友達《ともだち》はきっといやだよねえ。学校《がっこう》に行《い》くのがこわかったかもしれんなあ。

ばあちゃんたちは先生《せんせい》にしかられて、はじめて自分《じぶん》のやってることが見《み》えたっていうのかなあ。わかったっていうのかなあ……」

「それでどうしたの？」

「毛糸集《けいとあつ》めはすっかりやめたよ。先生《せんせい》にしかられたから止《や》めたんじゃなくて、なんだかようわからんけど〝やっちゃいけん（いけない）こと〟をやったんだということに気《き》がついたのさ」

「それってどういうこと？」

「そうだなー。だれにも心《こころ》があるんだっていうこと。よっ子《こ》には、ちょっとむつかしいかもしれんなあー」

「……………」

「夢中《むちゅう》で毛糸《けいと》をむしり取《と》って楽《たの》しんでいる人《ひと》もいれば、そのかげで、むしり取《と》られて悲《かな》しんでいる人《ひと》もいるっていうこと。もっと玉《たま》を大《おお》きくしよう、大《おお》きくしようと自分《じぶん》につごうのいいことに夢中《むちゅう》になってしまって、相手《あいて》の気持《きも》ちがわからなくなってしまうのね」

ママが言《い》いました。

「ねえばあちゃん、わたしたち、照美《てるみ》ちゃんの心《こころ》を考《かんが》えてあげなきゃあいけないよねえ」

「そうだよ。一人《ひとり》でも多《おお》くのお友達《ともだち》が照美《てるみ》ちゃんの気持《きも》ちを考《かんが》えてあげられたら、いじめっていうのはしぼんでしまうさ」

「……」

「そうよねえ。それができると一番《いちばん》いいことだわねえ……」

「……」

ばあちゃんも、ママもだまりこんでしまいました。

よし子《こ》ちゃんは少《すこ》しだけ明《あか》るい気持《きも》ちになりました。けれども、これからさきはどうすればいいのか、わかりません。しばらくしてばあちゃんが、

「よっ子《こ》、仲良《なかよ》しの由美《ゆみ》ちゃんやまあちゃん、みっちゃん、それからまだまだいただろう、そのお友達《ともだち》と相談《そうだん》して知恵《ちえ》を出《だ》しあってみたらどうだい。『三人寄《さんにんよ》れば文殊《もんじゅ》の知恵《ちえ》』っていってな。大勢《おおぜい》で考《かんが》えるといい知恵《ちえ》が出《で》てくるもんだよ」

「わかったわ、ばあちゃん。みんなと相談《そうだん》してみる」

しばらくうつむいていたよし子《こ》ちゃんは、そう言《い》うなり、おやつも食《た》べないであわてて友達《ともだち》を呼《よ》びに飛《と》び出《だ》しました。

「文殊《もんじゅ》の知恵《ちえ》が出《で》るといいね」

ばあちゃんもママもにっこりしながら、よし子《こ》ちゃんを見送《みおく》りました。

それから何日《なんにち》か過《す》ぎました。いつの間《ま》にか桜《さくら》の木《き》は緑《みどり》の葉《は》をいっぱいつけています。

「ママ！　ばあちゃん！　大変《たいへん》！」

「大事件《だいじけん》！」

仲良《なかよ》しのまあちゃんやみっちゃんもいっしょです。ハアハア、息《いき》を弾《はず》ませています。

「何事《なにごと》があったんだね」

ばあちゃんが居間《いま》から出《で》てきました。

六　照美ちゃんかわいそう

「ママは？」

「ああ、買物《かいもの》だよ」

「あのね、孝《たか》ちゃんたちのグループに犬《いぬ》が押《お》し掛《か》けたの」

「孝《たか》ちゃんてのは、よっ子《こ》のお友達《ともだち》かい」

「そうなの。いぜんお話《はな》しした子《こ》。ほら照美《てるみ》ちゃんの……」

「ああ、あのときの大将《たいしょう》さんかい」

「そうなの。犬《いぬ》は孝《たか》ちゃんのスカートをくんくん嗅《か》ぎはじめたの……」

「そしたらね、周《まわ》りにいた延《のぶ》ちゃんや、友《とも》ちゃんたちが、そおっとそおっと離《はな》れていったの」

　まあちゃんとみっちゃんは代《か》わりばんこで話《はな》しはじめました。

「孝《たか》ちゃん一人《ひとり》になってしまったの……」

「野良犬《のらいぬ》なのかい？」

「ううん、赤《あか》い首輪《くびわ》つけていたから、飼《か》い犬《いぬ》だと思《おも》うわ」

「大《おお》きい犬《いぬ》なのかい？」

「うんちょっと大《おお》きい。うちのジョンぐらい」

まあちゃんが答《こた》えました。まあちゃんの家族《かぞく》はみんな犬好《いぬず》きで、雑種《ざっしゅ》のオス犬《いぬ》を飼《か》っています。

「最初《さいしょ》はこわかったけど、よく見《み》たらその犬《いぬ》、しっぽを振《ふ》ってるの」

「ああそうか。『遊《あそ》ぼうよ』って孝《たか》ちゃんたちのところへいったんだよ」

ばあちゃんは、少《すこ》しばかりほっとしました。

「ちがうのよばあちゃん！」

よし子《こ》ちゃんが泣《な》きそうな声《こえ》で言《い》いました。

「孝《たか》ちゃんって、犬《いぬ》が大《だい》きらいなの！　犬《いぬ》がこわいの！」

「孝《たか》ちゃん、子犬《こいぬ》を見《み》ただけでも逃《に》げ出《だ》すんだから」

まあちゃんとみっちゃんは続《つづ》けざまにばあちゃんに言《い》いました。

孝《たか》ちゃんは、たった一人《ひとり》犬《いぬ》の前《まえ》にとり残《のこ》されて、気《き》が変《へん》になるほど、こわかったのでしょう。

でも、だれもどうすることもできません。犬好《いぬず》きのまあちゃんだって、どうしたらいいのか、わからなかったのです。そんなときです。照美《てるみ》ちゃんが「よしよし」って言《い》いながら、犬《いぬ》に近付《ちかづ》いたのでした。

「ねえばあちゃん、犬《いぬ》は振《ふ》り向《む》いてしっぽを振《ふ》りながら、のそのそと、照美《てるみ》ちゃんのほうへやってきたのよ。照美《てるみ》ちゃんが『よしよし』って言《い》いながら、のどをなぜてやると、すっごくしっぽを振《ふ》って、うれしそうなの」

おどろいたと言《い》わんばかりに、よし子《こ》ちゃんはばあちゃんに言《い》いました。

「そうかい。照美《てるみ》ちゃんがねえ、よかったねえ」

ばあちゃんもほっとしました。

「だれにも『苦手《にがて》』ち（って）言《い》うもんがあるんだねえ。反対《はんたい》の『得手《えて》』ち（って）言《い》うもんもあるんだねえ。孝《たか》ちゃんの苦手《にがて》に、照美《てるみ》ちゃんの得意《とくい》な力《ちから》が役《やく》に立《た》ったってことだねえ。よかった、よかった。みんな仲良《なかよ》く、助《たす》けあってなあ」

ばあちゃんは手《て》をたたいて、よろこびました。

（照美《てるみ》ちゃんと孝《たか》ちゃんは、きっと仲良《なかよ》しになるだろう）とばあちゃんは思《おも》いました。

七　一人《ひとり》になっても……

七　一人になっても……

「ただいまー」

今日《きょう》の健《けん》ちゃんは元気《げんき》がありません。そのまま子《こ》ども部屋《べや》に入《はい》って行《い》きました。

（変《へん》だね。〝何《なに》かおやつない？〟って、まずは居間《いま》に顔《かお》を出《だ》すのに……）

ばあちゃんは思《おも》いました。

（学校《がっこう》で何《なに》かあったのかしら？……）

ママも思《おも》いました。いつもと様子《ようす》が違《ちが》うのです。

「高学年《こうがくねん》になると難《むずか》しくなるねえ」

洗濯物《せんたくもの》をたたみながら、ばあちゃんはママに話《はな》しかけました。

七　一人になっても……

健《けん》ちゃんは、膝《ひざ》を抱《かか》えて壁《かべ》によりかかっています。

（パパの意見《いけん》を聞《き》きたい。パパなんて言《い》うだろう）

パパがキルギスに行《い》ったのは、健《けん》ちゃんが四年生《よねんせい》になった四月《しがつ》でした。

（あれから一年《いちねん》が過《す》ぎた。今年《ことし》の夏《なつ》には、一時帰国《いちじきこく》するって手紙《てがみ》に書《か》いてあったけど……）

いつもの元気《げんき》はどこへやら、今日《きょう》はしきりにパパが恋《こい》しいのです。

ごろんと引《ひ》っ繰《く》り返《かえ》り、腕枕《うでまくら》をして天井《てんじょう》を見《み》ました。健《けん》ちゃんは考《かんが》えごとをしているようです。

「健《けん》ちゃん、なにがあったの？　ママに話《はな》せないことなの？」

「そういうわけじゃないけど……」

やっぱり天井《てんじょう》を見《み》ています。

（よほど気《き》になることなんだろうけど、なにかしら？）。ママは思《おも》いました。

そしてそっとしておきました。

七　一人になっても……

　やがて健《けん》ちゃんは、ぽつり、ぽつりと、ママに話《はなし》をはじめました。それは一番仲良《いちばんなかよ》しの紘《こう》ちゃんが野球《やきゅう》チームを脱会《だっかい》するということなのでした。

「中学校《ちゅうがっこう》で野球部《やきゅうぶ》に入《はい》って、高校《こうこう》は野球《やきゅう》の名門校《めいもんこう》に入《はい》ろうって、男《おとこ》の約束《やくそく》をしたのに……。

　もう約束《やくそく》をやぶって……。それだけじゃないんだよ、明日《あした》から練習《れんしゅう》にも来《こ》ないんだって……紘《こう》ちゃんとはもうバッテリー組《く》めない……」

　そこまで言《い》うと、健《けん》ちゃんはごろんと寝返《ねがえ》りを打《う》ちました。とてもくやしそうです。

「明日《あした》からとは急《きゅう》なことね、紘《こう》ちゃんになにかあったの？」

「塾《じゅく》に行《い》くんだって！　今《いま》の塾《じゅく》じゃないよ。進学《しんがく》のための塾《じゅく》なんだって。紘《こう》ちゃん受験《じゅけん》するんだって」

「……」

「夏休《なつやす》みの選《せん》ばつ試験《しけん》を受《う》けるんだって。だからもう野球《やきゅう》はやれないんだよ」

「……………」

「おやおや、大変《たいへん》だねえ。紘《こう》ちゃん急《きゅう》にまた、どうしたんだね」

ばあちゃんが顔《かお》を出《だ》しました。

「ママがきびしいんだって。私立《しりつ》の中学《ちゅうがく》に入《はい》りなさいってさ」

「それで、紘《こう》ちゃんその気《き》になったってわけかい」

「紘《こう》ちゃんはいやなんだって。でも、ママやパパには逆《さか》らえないだろう」

「紘《こう》ちゃんのママもパパも、紘《こう》ちゃんのことを一番考《いちばんかんが》えているんだものなあ」

「ぼくのパパも『野球《やきゅう》を止《や》めて受験《じゅけん》しなさい』って言《い》うだろうか。ねえママ」

「……………」

「ねえ、ばあちゃんどう思《おも》う？」

「パパは言《い》わないと思《おも》うよ。それはね、パパにも中学受験《ちゅうがくじゅけん》の経験《けいけん》があるからだよ」

パパはばあちゃんの子《こ》どもです。ばあちゃんは昔《むかし》のことを思《おも》い出《だ》したようです。

「パパが健太《けんた》と同《おな》じ年《とし》のころ、すごい受験戦争《じゅけんせんそう》でねえー。〝四当五落《よんとうごらく》〟といってな『四年生《よねんせい》から進学教室《しんがくきょうしつ》で勉強《べんきょう》すれば受《う》かるけど、五年生《ごねんせい》からはじめた者《もの》は落《お》ちる』っていうことが、まるで決《き》まっているかのように言《い》われていたさ。親《おや》たちは焦《あせ》ったんだねえ、子《こ》どもたちは塾《じゅく》、塾《じゅく》。ひまさえあれば勉強《べんきょう》、勉強《べんきょう》。かわいそうだったねえ。塾《じゅく》の先生《せんせい》も、一人《ひとり》でも多《おお》く合格《ごうかく》させるため、必死《ひっし》さ。勉強《べんきょう》は大変《たいへん》だった。それが四年生《よねんせい》、五年生《ごねんせい》、六年生《ろくねんせい》と、三年近《さんねんちか》く続《つづ》くんだからねえ。大変《たいへん》なしごきよなあ。それでも受《う》かればいいよ。合格《ごうかく》できなかった子《こ》どもはきずつくよなあ。くやしいよなあ」

「それでパパはどうだったの？」

「うん、目的《もくてき》の学校《がっこう》には合格《ごうかく》できなかったねえ」

「それでどうしたの」

「ばあちゃんは『四当五落《よんとうごらく》だもの、六年《ろくねん》からじゃ遅《おそ》かったんだねえ』って言《い》ったけど、落《お》ちてよかったんだと今《いま》では思《おも》ってるよ。

それはな、受《う》かったら○、落《お》ちたら×とだれでも思《おも》うだろう。ところが人間《にんげん》ってふしぎなんだよなあ」

そう言《い》いながら、ばあちゃんは遠《とお》くを見《み》ました。

「パパはがんばったのに受《う》からんかったのが、よほどくやしかったんだねえ。

それからのパパ、すっかり変《か》わってしまってね。

うーんおどろいたのは、試験《しけん》は終《お》わったというのに、時間《じかん》になるとテレビを消《け》して勉強《べんきょう》をはじめるのさ。おどろいたことにそれからの高校《こうこう》、大学《だいがく》は希望《きぼう》の学校《がっこう》にスパッと入《はい》れてなあ。

あの時《とき》のくやしさがばねになったとしか思《おも》えないんだよねえ」

「………」

「家庭内暴力《かていないぼうりょく》は、そのころですか」

ママが聞《き》きました。

「家庭内暴力《かていないぼうりょく》って？」

「そういえばそういう事件《じけん》が続《つづ》いたねえ。

子《こ》どもがバットで親《おや》をなぐったり、け飛《と》ばしたりして、あばれて手《て》がつけられないんだよ。忘《わす》れられない事件《じけん》があったねえ。希望《きぼう》の中学《ちゅうがく》に入《はい》れたのにどうしてそんなになったんかねえ。うれしいはずだのにねえー。

小学校《しょうがっこう》のときのような成績《せいせき》がとれないことでいらいらしていたって新聞《しんぶん》にあったけど、当《あ》たり前《まえ》だよねえ。選《えら》ばれた子《こ》たちの集《あつ》まった中学《ちゅうがく》なんだものなあ。でもな、長《なが》い人生《じんせい》、あせる必要《ひつよう》はないんだよなあ」

「それでどうなったの？」

「学校《がっこう》にも行《い》かなくなって、家《いえ》で母親《ははおや》に暴力《ぼうりょく》をふるう。その子《こ》もどうしたらいいんだかわからないんだよなあ。幸《しあわ》せであった家庭《かてい》は、谷底《たにそこ》に突《つ》き落《お》とされたような不幸《ふこう》な毎日《まいにち》になってしまった。それだけじゃない。息子《むすこ》の暴力《ぼうりょく》を見《み》かねた父親《ちちおや》は、とうとう子《こ》どもの首《くび》をしめてしまった。一人《ひとり》っ子《こ》だよ、かわいくないはずはないよなあ。受験《じゅけん》なんてさせなければ、子《こ》どもを死《し》なさずにいただろうってねえ、やるせない気持《きも》ちだったねえ」

「そういえばママが六年生《ろくねんせい》のころ、やはり中学受験《ちゅうがくじゅけん》の子《こ》がいてね。その子《こ》はクラブや掃除《そうじ》はやらないの、なぜって？　塾《じゅく》に間《ま》にあわないから。

運動会《うんどうかい》のときだったわ。六年生《ろくねんせい》は先生方《せんせいがた》といっしょに後片付《あとかたづ》けをするのね。そんなときだって、一人《ひとり》だけ先《さき》に帰《かえ》ってしまうのね。塾《じゅく》の時間《じかん》があるので校門《こうもん》のところにその子《こ》のママが待《ま》っていて、カバンと弁当《べんとう》を渡《わた》すの。電車《でんしゃ》の中《なか》でおむすびを食《た》べるんだって、その子《こ》言《い》ってたわねえ」

「その子合格《こごうかく》できたの？」

「三《さん》、四校受《よんこうう》けたけど、みなだめだったようよ」

「その子《こ》、ぼくのパパのように『よーし』ってふんばったの？　そうじゃなかったら、かっこ悪《わる》いし、勉強《べんきょう》だってむだだったよねー」

「いやいや、それは違《ちが》うよ。勉強《べんきょう》したことは決《けっ》してむだじゃない。勉強《べんきょう》したことはこれから役立《やくだ》つ。健太《けんた》の年《とし》ごろは、頭《あたま》が柔《やわ》らかくてなんでも知《し》りたくて、なんでも頭《あたま》に入《はい》る。吸《す》い取《と》り紙《がみ》って知《し》ってるかい。水《みず》やインキをすーっときれいに吸《す》い取《と》る紙《かみ》だけどね。今《いま》の健太《けんた》たちの頭《あたま》はちょうどその吸《す》い取《と》り紙《がみ》なのさ。勉強《べんきょう》したことがすーっと頭《あたま》の中《なか》に入《はい》っていくのさ。ばあちゃんみたいに年《とし》を取《と》ってしまうと、もうなにも吸《す》い取《と》れないよなあ。ほほほほほ」

ばあちゃんは、ちょっとさみしそうに笑《わら》いました。

「紘《こう》ちゃんに受験《じゅけん》のこと、どう話《はな》せばいいの？」

「いくら親友《しんゆう》でも、健《けん》ちゃんにはどうこうできないのよ。紘《こう》ちゃんと、紘《こう》ちゃんのママやパパが考《かんが》えることなのよ」

「なあ健太《けんた》。紘《こう》ちゃんのパパとママは、紘《こう》ちゃんの考《かんが》えもよく聞《き》いてあげると思《おも》うよ。健太《けんた》が考《かんが》えこむことはないさ」

「うん」

健《けん》ちゃんは、すこーし、もやもやが晴《は》れました。ばあちゃんやママに話《はな》して
よかったと思《おも》いました。
「なあ健太《けんた》、健太《けんた》が紘《こう》ちゃんと同《おな》じ立場《たちば》だったら健太《けんた》のパパはなんて言《い》うだろ
うね」
ばあちゃんが言《い》いました。健《けん》ちゃんもそのことを考《かんが》えていました。
「『本当《ほんとう》に野球《やきゅう》がやりたいんなら、一人《ひとり》になってもやれ！』って言《い》うかもしれ
ない」
しばらく考《かんが》えた後《あと》、健《けん》ちゃんは言《い》いました。
「そうだよなあ。そして『勉強《べんきょう》もしっかりやれよ。今健太《いまけんた》の頭《あたま》は吸《す》い取《と》り紙《がみ》な
んだからな』って加《くわ》えると思《おも》うよ」
健《けん》ちゃんとばあちゃんの話《はなし》に、ママは大《おお》きくうなずきました。
それから何日《なんにち》か過《す》ぎたある日《ひ》、健《けん》ちゃんは、はあはあと息《いき》をきらせて玄関《げんかん》に

駆《か》け込《こ》んできました。

「ママ！　ばあちゃん！　どこ！　紘《こう》ちゃん、野球《やきゅう》続《つづ》けるんだって！」

何事《なにごと》かと出《で》てきたママとばあちゃんは、おやおやというように、顔《かお》を見合《みあ》わせました。

「紘《こう》ちゃんのパパが『学校《がっこう》や今《いま》、行《い》ってる塾《じゅく》の勉強《べんきょう》で十分《じゅうぶん》だ』って言《い》ったんだって。

そしてね、『しんけんに取《と》り組《く》むことのほうが大事《だいじ》だ』って言《い》ったんだって。

紘《こう》ちゃん、『勉強《べんきょう》も野球《やきゅう》も今《いま》までよりがんばるんだ』って張《は》り切《き》ってるんだ」

ママとばあちゃんは、またまた顔《かお》を見合《みあ》わせました。

「紘《こう》ちゃんとバッテリー組《く》んだほうが楽《たの》しいもんなあ」

（紘《こう》ちゃんに敗《ま》けないように勉強《べんきょう》もがんばろう）と健《けん》ちゃんは思《おも》いました。

八　神風《かみかぜ》のこと

八　神風のこと

八月十五日《はちがつじゅうごにち》。今日《きょう》は太平洋戦争《たいへいようせんそう》が終《お》わった日《ひ》です。健《けん》ちゃんのお友達《ともだち》が戦争《せんそう》の話《はなし》を聞《き》きにきます。ばあちゃんは以前《いぜん》から「子《こ》どもたちに戦争《せんそう》の話《はなし》を聞《き》かせてあげよう」と思《おも》っていたので、朝《あさ》から落《お》ち着《つ》かなくて庭《にわ》に出《で》たり、家《いえ》に入《はい》ったりしています。

「こんにちは」「こんにちは」

つぎつぎとお友達《ともだち》がやってきました。紘《こう》ちゃんも雄《ゆう》くんも来《き》ました。よし子《こ》ちゃんの仲良《なかよ》しのまあちゃんと由美《ゆみ》ちゃんもいっしょです。

「わたし健《けん》ちゃんのお友達《ともだち》の、佐藤公子《さとうきみこ》です」

「わたしは隆子《たかこ》です」

八　神風のこと

子《こ》ども部屋《べや》はいっぱいです。

「ばあちゃん、戦争《せんそう》の話《はなし》聞《き》かせて」。紘《こう》ちゃんが言《い》いました。

「ばあちゃんお願《ねが》いしまーす」

「お願《ねが》いしまーす」

「おやおや、たくさん来《き》たねえ。みんな健太《けんた》やよし子《こ》のお友達《ともだち》なのかい。いつも仲良《なかよ》くしてくれてありがとうよ」

「ばあちゃんそんなこといいったら！」。健《けん》ちゃんは少《すこ》し恥《は》ずかしそうです。

みんなは、ばあちゃんを囲《かこ》んで座《すわ》りました。

「では、さっそくはじめるかな」

ばあちゃんは（元気《げんき》だぞー）とぐいと背《せ》を伸《の》ばしました。

「今《いま》から何十年前《なんじゅうねんまえ》になるかなあ。今日《きょう》のように暑《あつ》い日《ひ》だったたねえ」

ばあちゃんは十年《じゅうねん》、二十年《にじゅうねん》、三十年《さんじゅうねん》と指《ゆび》を折《お》って数《かぞ》えはじめました。

「もう六十年近《ろくじゅうねんちか》くたつんだねえ。あのころ子《こ》どもだった人《ひと》もばあちゃんみたいに年《とし》を取《と》ってしまったか、なかには死《し》んでしまった人《ひと》もいるだろうねえ」

ばあちゃんは目《め》をつぶって両手《りょうて》を合《あ》わせました。

「今日《きょう》のように暑《あつ》い日《ひ》だった。『大事《だいじ》な放送《ほうそう》があるからラジオの前《まえ》に集《あつ》まるように』。会社《かいしゃ》でも、学校《がっこう》でも工場《こうじょう》でもおふれ（報《しら》せ）があった。家《いえ》にいる人《ひと》には隣組《となりぐみ》の班長《はんちょう》さんからのおふれ（報《しら》せ）があってね。おそらく日本中《にほんじゅう》の人《ひと》がラジオの前《まえ》に集《あつ》まっただろうねえ」

「日本中《にほんじゅう》の人《ひと》に聞《き》いてもらいたいことだったのね」

「それって戦争《せんそう》が終《お》わったっていうことだったわけ！」

「そう。終《お》わっただけじゃない、戦争《せんそう》に敗《ま》けたって……。天皇陛下《てんのうへいか》のお声《こえ》を聞《き》いてみんな声《こえ》をあげて泣《な》いた」

「ばあちゃんがいくつのときなの」

八　神風のこと

「女学校《じょがっこう》二年生《にねんせい》の夏《なつ》だったから、幸子《さちこ》ねえちゃんと同《おな》じぐらいだったんだねえ」

「なぜ泣《な》いたの？　くやしくって泣《な》いたの？　ほっとして泣《な》いたの？」

「きついことを言《い》うねえ雄太《ゆうた》は。くやしくってだよ。あんなにみんながんばったのにって」

「………」

「………」

「………」

「それからどうしたの？」

「『日本《にほん》は戦争《せんそう》に敗《ま》けない』とばあちゃんなんぞ、信《しん》じこんでいたからびっくりした。学校《がっこう》でもそう教《おし》えられていたし、なんてたって『神風《かみかぜ》』を信《しん》じていたさ。いざってときには『神風《かみかぜ》』が吹《ふ》いて日本《にほん》の国《くに》を助《たす》けてくれるってな……。だから敗《ま》けるなんて考《かんが》えられんかった」

八　神風のこと

「『神風《かみかぜ》』ってなに？」

隆《たか》ちゃんの質問《しつもん》にだれもがうなずきました。

「高学年《こうがくねん》になってもまだ教《おそ》わってないのかい。そのうち勉強《べんきょう》するだろうよ。それともう教《おし》えないのかもしれないねえ……。『神風《かみかぜ》』って、神《かみ》さまの風《かぜ》って書《か》くんだ。神様《かみさま》がおこしてくれる風《かぜ》のことを言《い》ってたんだねえ」

「ふしぎな風《かぜ》だねえ。もっとくわしく話《はな》して！」

紘《こう》ちゃんが言《い》うと「お願《ねが》い」、「お願《ねが》い」と言《い》うようにみんなが拍手《はくしゅ》をしました。

「そうかい……。では話《はな》してあげよう。ところでこの話《はなし》は本当《ほんとう》にあったことなんだよ」

ばあちゃんは『神風《かみかぜ》』の話《はなし》をはじめました。

ずーっとずーっと昔《むかし》、海《うみ》の向《む》こうに元《げん》という国《くに》があってな。地図帳《ちずちょう》で調《しら》べてみな。今《いま》はその名《な》の国《くに》はないけど、フビライ・ハーンって名《な》の王様《おうさま》がいてな、今《いま》のモンゴルから中国《ちゅうごく》、北朝鮮《きたちょうせん》、韓国《かんこく》をやっつけて自分《じぶん》の国《くに》をどんどんと大《おお》きくしていったんだねえ。

やがて海《うみ》の向《む》こうの日本《にほん》にも目《め》をつけた。付《つ》き合《あ》いをしようと申《もう》し込《こ》んだが日本《にほん》が応《おう》じなかったので、フビライ・ハーンは大《たい》そうな数《かず》の船《ふね》を率《ひき》いて日本《にほん》を攻《せ》めてきた。いまの福岡《ふくおか》の博多湾《はかたわん》に船《ふね》がやってきたんだよ。日本《にほん》はよく戦《たたか》ったけど元《げん》の大軍《たいぐん》に勝《か》てる力《ちから》じゃぁなかったんだねえ。いよいよ最後《さいご》の決戦《けっせん》を迎《むか》える日《ひ》になった。

一夜《いちや》あけたその朝《あさ》のこと、おどろいたことに博多湾《はかたわん》の沖《おき》を埋《う》め尽《つ》くすほどにいたあの元《げん》の大軍《たいぐん》がいない。一夜《いちや》にして姿《すがた》をくらましたわけだ。だれだってびっくりするよなあ。元《げん》の国《くに》の船《ふね》はその夜《よる》の暴風《ぼうふう》で沈没《ちんぼつ》したり、逃《に》げ出《だ》したりしたからだったのさ。

話《はなし》はここで終《お》わらないからふしぎ。その何年《なんねん》かあと、前《まえ》よりもっと大軍《たいぐん》を引《ひ》き連《つ》れてまたもや元《げん》が攻《せ》め寄《よ》せてきた。ところがまったくふしぎなことにまた暴風《ぼうふう》にあって、命《いのち》からがら元《げん》の大軍《たいぐん》は逃《に》げ帰《かえ》った。それからというもの、元《げん》は日本《にほん》を攻《せ》めて来《く》ることはなかった。

八　神風のこと

「……」

「……」

「これが『神風《かみかぜ》』の話《はなし》なんだよ。日本《にほん》の国《くに》は神《かみ》の国《くに》だから、国《くに》が困難《こんなん》な目《め》にあっていると、『神風《かみかぜ》』が吹《ふ》いて守《まも》ってくれる。先生《せんせい》もそう教《おし》えてくださったし、そう信《しん》じていた大人《おとな》の人《ひと》もなかにはいたんじゃないかなあ」

「ばあちゃんも吹《ふ》くって信《しん》じていたの？」

「そりゃそうだよ。ふしぎなことが二度《にど》までもおこったんだものなあ」

「でもこんどの戦争《せんそう》では『神風《かみかぜ》』は吹《ふ》かなかったんだろう」

健《けん》ちゃんが口《くち》をとがらせて言《い》いました。

「単純《たんじゅん》だよなあー。『神風《かみかぜ》』なんて吹《ふ》くはずないよ。ありっこないさ」

紘《こう》ちゃんはあきれたっていう顔《かお》をして、少《すこ》し笑《わら》いました。

「じゃあ二度《にど》も日本《にほん》の国《くに》を救《すく》った暴風《ぼうふう》はなんだったの？　おかしいじゃない」

由美《ゆみ》ちゃんは納得《なっとく》できません。

「タイミングよすぎるじゃないの」

まあちゃんも納得《なっとく》できません。

「だから四年生《よねんせい》は単純《たんじゅん》なんだよ」

「単純《たんじゅん》てなによ……」

よし子《こ》ちゃんも黙《だま》っていません。このままでは、四年生対五年生《よねんせいたいごねんせい》で口争《くちあらそ》いになります。

「まあまあ、このふしぎなことは、ばあちゃんも後《あと》で知《し》ったことだがね、日本《にほん》には今《いま》でも台風《たいふう》がよく来《く》るだろう。日本《にほん》は台風《たいふう》の通《とお》り道《みち》なんだ。元《げん》の大軍《たいぐん》は『神風《かみかぜ》』じゃなくて、台風《たいふう》にぶつかったんだねえ」

八　神風のこと

「きっとそうだよ。納得《なっとく》！」

『神風《かみかぜ》』騒動《そうどう》はやっと静《しず》まりました。

「戦争《せんそう》は何年間《なんねんかん》あったの、ばあちゃん？」

「そうさね。昭和十六年《しょうわじゅうろくねん》の十二月《じゅうにがつ》から昭和二十年《しょうわにじゅうねん》の八月《はちがつ》までだったから、えーっとあしかけ五年《ごねん》かな」

「最初《さいしょ》から日本《にほん》は押《お》され気味《ぎみ》だったの？」。雄《ゆう》くんが聞《き》きました。

「それより、どうして戦争《せんそう》になったの？　勝《か》てると思《おも》っていたのかなあ」と公《きみ》ちゃんがひとりごとを言《い》いました。

「戦争《せんそう》になったほんとのことは、今《いま》でもばあちゃんはようわからんけど、国《くに》と国《くに》の間《あいだ》でいろいろとむずかしいことがあるんだろうねえ。でもな、戦争《せんそう》が始《はじ》まったころのことはばあちゃん覚《おぼ》えているよ。ラジオで日本《にほん》の海軍《かいぐん》が真珠湾《しんじゅわん》というところを攻撃《こうげき》したって放送《ほうそう》があった。真珠湾《しんじゅわん》ってとこ、地図《ちず》で探《さが》してみな。南《みなみ》の海《うみ》は戦争《せんそう》でたくさんの日本人《にほんじん》が死《し》んだところなんだよ」

「ばあちゃん待《ま》って！　ぼく地図帳取《ちずちょうと》ってくるよ」

健《けん》ちゃんは急《きゅう》に立《た》ち上《あ》がると、本箱《ほんばこ》の中《なか》から地図帳《ちずちょう》を取《と》り出《だ》しました。

「真珠湾《しんじゅわん》って、どこ？　どこにあるの？」

みんなが集《あつ》まってきました。

「だめだよ、こんなにたくさんじゃ！　ぼくも地図帳持《ちずちょうも》ってくるから、ばあちゃん待《ま》ってて！」

「わたしもー」

紘《こう》ちゃんと隆《たか》ちゃんは地図帳《ちずちょう》を家《いえ》に取《と》りに行《い》きました。

「ずーっとずーっと、アメリカに近《ちか》い海《うみ》の島《しま》だよ。よーく見《み》ないと見《み》つからないよ」

「あっ！　あったあった！　これだよ」。雄《ゆう》くんが見《み》つけました。

「なーんだ、こんなところか」

「それからっていうもの、今日《きょう》はどこの島《しま》をやっつけた、今日《きょう》はどこを攻撃《こうげき》したって放送《ほうそう》があって『ばんざーい』『ばんざーい』ってよろこんだものだ」

「でもその戦争《せんそう》、敗《ま》けたんでしょう」

「はじめのころは勝《か》っていたんだけどなあ」

「どうして敗《ま》けてしまったの？」

「日本《にほん》は戦地《せんち》に行《い》った人《ひと》も戦争《せんそう》に行《い》かなかった人《ひと》もがんばったさ」

「知《し》ってる。原子爆弾《げんしばくだん》を落《お》とされたからでしょう」

物知《ものし》り博士《はかせ》の雄《ゆう》くんが言《い》いました。

「そうだよ、広島《ひろしま》と長崎《ながさき》だよねえ。きのこ雲《ぐも》が広《ひろ》がって〝ぴかっ〟って光《ひか》ったと思《おも》ったら、人《ひと》も木《き》も家《いえ》も全部《ぜんぶ》、全部《ぜんぶ》消《き》えてしまったって。顔《かお》や手《て》にやけどをした人《ひと》が『水《みず》、水《みず》』って言《い》いながら川《かわ》の方《ほう》へ歩《ある》いていったんだって。ぼろぼろの着物《きもの》を着《き》て、よろよろと歩《ある》いていたってママから聞《き》いたわ」

隆《たか》ちゃんのママは広島《ひろしま》の人《ひと》なのです。ママのおじいちゃんもおばあちゃんも、この爆弾《ばくだん》をあびて、原爆症《げんばくしょう》という病気《びょうき》になって亡《な》くなったのです。

「爆弾《ばくだん》が落《お》ちたから、戦争《せんそう》やめたの？」

四年生《よねんせい》のみっちゃんは戦争《せんそう》のことを知《し》りません。

「続《つづ》けて長崎《ながさき》っていうところにも同《おな》じ爆弾《ばくだん》が落《お》とされて、戦争《せんそう》をやめる決心《けっしん》がついたんだねえ。それほどひどい爆弾《ばくだん》だった」

「原子爆弾《げんしばくだん》って、どれくらいひどい爆弾《ばくだん》だったの……？」

「なんでも、爆弾《ばくだん》の落《お》とされた後《あと》には草《くさ》も木《き》も芽《め》が出《で》ないと言《い》われた。広島《ひろしま》も長崎《ながさき》もたいそうな数《かず》の人《ひと》が死《し》んだり、けがをしたり、家《いえ》もなにもかも焼《や》き払《はら》われてしまったんだねえ。

そのとき、みんなと同《おな》じ子《こ》どもたちもおおぜい死《し》んだ。ひとりぼっちになった子《こ》どももいて、かわいそうになあ……。

原子爆弾《げんしばくだん》のすごさは、ばあちゃん、口《くち》ではうまく話《はな》せない。原子爆弾《げんしばくだん》の被害《ひがい》はそのときだけじゃなくて、やっと生《い》き残《のこ》った人《ひと》を何年《なんねん》も何十年《なんじゅうねん》も、生《い》きてる間中《あいだじゅう》、苦《くる》しめるんだねえ」

「隆《たか》ちゃんのおじいちゃんやおばあちゃんもそうだったの？」

「………」

「………」

「大《おお》きくなったら、一度《いちど》は広島《ひろしま》や長崎《ながさき》に行《い》ってみるといい。みんなにも死《し》んだ人《ひと》の魂《たましい》をなぐさめてもらいたいなあ」

「………」

「………」

「木《き》も草《くさ》も芽《め》が出《だ》せなくなるような爆弾《ばくだん》を使《つか》うなんて、ひどすぎるよ、ねえばあちゃん」

雄《ゆう》くんが言《い》いました。

「戦争《せんそう》とはそういうもんなんだ。勝《か》つためにはそうなってしまうんだねえ」

「そんな戦争《せんそう》やってたら、地球《ちきゅう》はいつか全滅《ぜんめつ》してしまうよ、ねえばあちゃん」

紘《こう》ちゃんも憤慨《ふんがい》しています。

（テレビの戦争《せんそう》ってかっこいいと思《おも》うし、ゲームだって、パンパンパンって撃《う》ちまくって敵《てき》が全滅《ぜんめつ》するまでやる。そうすると気分《きぶん》がすーっとするんだ。ぼく、戦《たたか》うのって大好《だいす》きさ。でも戦争《せんそう》って……、絶対《ぜったい》にやっちゃあいけないんだなあ。地球《ちきゅう》が大変《たいへん》なことになっちゃう）。健《けん》ちゃんはふしぎな気持《きも》ちになりました。

紘《こう》ちゃんも雄《ゆう》くんも急《きゅう》に静《しず》かになりました。健《けん》ちゃんと同《おな》じことを考《かんが》えているのかもしれません。

「今日《きょう》はここまでにしておこうねえ。戦争《せんそう》の話《はなし》、聞《き》きたくなったらいつでもおいで。ばあちゃん大歓迎《だいかんげい》さ」

ばあちゃんが明《あか》るい声《こえ》でみなに言《い》いました。

九　しじみの味噌汁《みそしる》

九　しじみの味噌汁

「ばあちゃん、こんにちは。ぼくパパの田舎《いなか》に行《い》ってたんだ。健《けん》ちゃんは？」

雄《ゆう》くんはばあちゃんにたずねました。ばあちゃんは昨日《きのう》の風《かぜ》で倒《たお》れそうになったひまわりに棒《ぼう》を立《た》てています。

「おやおや、みんなしばらく顔《かお》を見《み》せないと思《おも》ったら、そうなんだね、お盆《ぼん》で田舎《いなか》に行《い》ったんだねえ」

「うん、紘《こう》ちゃんは海《うみ》に行《い》くって言《い》ってた」

「そうかい、そうかい、夏休《なつやす》みだもんなあ」

「健《けん》ちゃんは？」

「健太《けんた》はママとよし子《こ》と三人《さんにん》で、ママの田舎《いなか》に行《い》ってるよ。二《に》、三日《さんにち》したら帰《かえ》ってくるよ」

「じゃあ、また来《く》るね。ばあちゃん！　ぼく田舎《いなか》のじいちゃんに戦争《せんそう》の話聞《はなしき》いたんだー。また来《く》るね」

雄《ゆう》くんは帰《かえ》っていきました。

夏休《なつやす》みも終《お》わりに近付《ちかづ》き、海《うみ》や山《やま》に行《い》けない日《ひ》が多《おお》くなりました。くらげが出《で》たり、山《やま》が荒《あ》れたりするからです。

健《けん》ちゃんの友達《ともだち》の五年生仲良《ごねんせいなかよ》しさんと、よし子《こ》ちゃんの友達《ともだち》の四年生《よねんせい》の由美《ゆみ》ちゃん、まあちゃんが久《ひさ》しぶりに、ばあちゃんをたずねてきました。今日《きょう》はなんだか、張《は》り切《き》っています。

「ばあちゃん、こんにちは。戦争《せんそう》の話《はなし》の続《つづ》き聞《き》かせてー」

「おやおや、久《ひさ》しぶりだねえー。みな元気《げんき》だったようだねえ、顔《かお》が黒光《くろびか》りしているよ。まあまあ、冷《つめ》たいジュースでもおあがり」

健《けん》ちゃんとよし子《こ》ちゃんが、ジュースを運《はこ》んできました。

九　しじみの味噌汁

「戦争《せんそう》が始《はじ》まったとき、ばあちゃんはみんなと同《おな》じ、小学校《しょうがっこう》の高学年《こうがくねん》だった。教室《きょうしつ》の前《まえ》の壁《かべ》に貼《は》った大《おお》きな地図《ちず》に、日本軍《にほんぐん》が勝《か》ち取《と》ったところを小《ちい》さな旗《はた》で埋《う》めていったさ」

「その話《はなし》、前《まえ》に聞《き》いたよ。その先《さき》を話《はな》して！」

健《けん》ちゃんがせかせ（急《いそ》がせ）ました。

「南《みなみ》の海《うみ》が戦場《せんじょう》でね。探《さが》してみなグアム、シンガポール、マニラ。ばあちゃんこの年《とし》になっても忘《わす》れられない名前《なまえ》だよ。つぎからつぎに旗《はた》が貼《は》られていってな。最初《さいしょ》のころ、日本《にほん》は勝《か》っていたんだねえ」

「グアムって、夏休《なつやす》みに泳《およ》ぎにいくあの島《しま》のこと？」

「そうなんだってねえ、日本人《にほんじん》がたいそう大勢《おおぜい》行《い》くって、テレビで言《い》ってたねえ」

健《けん》ちゃんグループ、紘《こう》ちゃんグループに分《わ》かれて地図帳《ちずちょう》でグアム、シンガポール、マニラを探《さが》しはじめました。

「グアム！　あったあった！」

「どこ、どこ？」

「シンガポールってどこだー」

「つぎはどこだった、ばあちゃん？」

　大騒《おおさわ》ぎです。

「なーんだ、こんな小《ちい》さな島《しま》！」

「そうだよ。小《ちい》さな島々《しまじま》で日本《にほん》の兵隊《へいたい》さんたちは戦《たたか》ったのさ。南《みなみ》の島々《しまじま》は戦場《せんじょう》になったんだねえ。日本《にほん》の国《くに》は、父《とう》さんや兄《にい》さんが戦争《せんそう》に行《い》った後《あと》、年寄《としよ》りと女《おんな》と子《こ》どもで銃後《じゅうご》を守《まも》ったのさ」

「銃後《じゅうご》ってなに？」

「男《おとこ》の人《ひと》が戦争《せんそう》に行《い》ってしまった後《あと》の、日本《にほん》の国《くに》を守《まも》るって言《い》うのかなあ。

　ばあちゃんたち、子《こ》どもも布《ぬの》になるという草《くさ》を集《あつ》めて学校《がっこう》に持《も》っていったり、兵隊《へいたい》さんの服《ふく》になるうさぎを飼《か》ったり。害虫《がいちゅう》をつかまえたり」

「害虫《がいちゅう》をつかまえてどうするの？」。まあちゃんはふしぎに思《おも》いました。

「稲《いね》って知《し》ってるかい。みんなの食《た》べる米《こめ》になるんだよねえ。腹《はら》がへっちゃあ戦《たたか》えんだろ。戦《いくさ》に勝《か》つためにゃあ、米《こめ》をたくさん作《つく》らにゃあならん。ところが田植《たう》え前《まえ》の苗床《なえどこ》の稲《いね》の芽《め》を食《た》べてだめにしてしまう虫《むし》がいるんだねえ。ガになって稲《いね》の葉《は》に卵《たまご》を産《う》み付《つ》ける。

ばあちゃんたち子《こ》どもは、その卵《たまご》やガをつかまえるんだ。いい苗《なえ》に育《そだ》つようにがんばったよ」

「どうやってつかまえたの？」

紘《こう》ちゃんの質問《しつもん》です。

「一《いち》メートルほどの竹《たけ》の棒《ぼう》で苗床《なえどこ》の苗《なえ》の上《うえ》をすーっとすべらせる、するとガがあわてて飛《と》び立《た》つのさ。ガって蝶《ちょう》のように飛《と》ぶだろう。どろ田《た》のなかを走《はし》り回《まわ》ってつかまえた。卵《たまご》を産《う》む前《まえ》にガを退治《たいじ》したのさ。何匹《なんびき》とれたか、競争《きょうそう》したものだ」

「おもしろそうだねー」

紘《こう》ちゃんは、すぐその気《き》になってしまいます。

「おやおや、戦争《せんそう》の話《はなし》がどこかへ飛《と》んでいってしまったね。

戦争《せんそう》も勝《か》っているうちはよかった。そのうち、いろんな物《もの》がなくなってきた。今《いま》でも覚《おぼ》えているのは運動靴《うんどうぐつ》。靴《くつ》が店《みせ》になくなって、学校《がっこう》に配給《はいきゅう》されて組《くみ》でくじを引《ひ》く。

当《あ》たりは組《くみ》に一人《ひとり》くらいだったと思《おも》うよ。ばあちゃんなど一度《いちど》も当《あ》たらなかった」

「靴《くつ》がなかったらどうするの？」

「そうだよなあ。げたをはいていたのかなあ……。そのうち、鉄《てつ》びんや釜《かま》まで供《きょう》出《しゅつ》した。そうそう寺《てら》の鐘《かね》もな、神社《じんじゃ》の鎖《くさり》もな……」

「供《きょう》出《しゅつ》って何《なん》のこと？」

「戦争《せんそう》に使《つか》ってくださいって出《だ》すことさ」

「いちいち、うるさいなぁー。だから戦争《せんそう》の話《はなし》は低学年《ていがくねん》は無理《むり》なんだよ」

「紘《こう》ちゃんはいつも『低学年《ていがくねん》、低学年《ていがくねん》』っていうけど、四年生《よねんせい》は低学年《ていがくねん》じゃないよ！」

由美《ゆみ》ちゃんはおこり出《だ》してしまいました。

「まあまあ、いいじゃないか」

ばあちゃんはなだめ役《やく》です。

「そんなの供出《きょうしゅつ》して、どうするの？」

「軍艦《ぐんかん》とか大砲《たいほう》や鉄砲《てっぽう》の弾《たま》にしたんだねえ」

「どうして、そんなことになってしまったの？」

「靴《くつ》がなくなったのは、ゴムが日本《にほん》に来《こ》なくなったからだと先生《せんせい》は言《い》われた。ゴムは南《みなみ》の国《くに》で育《そだ》つゴムの木《き》からしか取《と》れないんだ。南《みなみ》の国《くに》から船《ふね》で送《おく》ってくることは、できないだろう。海《うみ》は戦場《せんじょう》なんだからねえ。鉄《てつ》だってそうだ。船《ふね》で今《いま》までのように送《おく》ってもらうことはできない」

「日本《にほん》の国《くに》は、資源《しげん》に乏《とぼ》しい国《くに》だって、社会科《しゃかいか》の勉強《べんきょう》で教《おそ》わったじゃないか」

さすがに高学年《こうがくねん》です。健《けん》ちゃんの言葉《ことば》に、ばあちゃんは感心《かんしん》しました。

「そうだ、日本《にほん》は加工貿易《かこうぼうえき》の国《くに》だって、先生言《せんせいい》ったよなあ」

と雄《ゆう》くんです。

「わかったわ、戦争《せんそう》が長引《ながび》いて日本《にほん》は、軍艦《ぐんかん》や大砲《たいほう》や鉄砲《てっぽう》の弾《たま》が足《た》りなくなってきたんでしょう。ひょっとしたら意地悪《いじわる》で、みんなして日本《にほん》の国《くに》に分《わ》けてくれなかったのかもね」

隆《たか》ちゃんが自信《じしん》ありげに言《い》いました。

「日本中《にほんじゅう》の人《ひと》が戦争《せんそう》に勝《か》つまでは、とがまんをしたんだよ。『ほしがりません勝《か》つまでは』これが日本人《にほんじん》みんなの決心《けっしん》で、大人《おとな》も子《こ》どもも、だれも不平《ふへい》や不満《ふまん》を言《い》わなかった」

「なぜ戦争《せんそう》なんてしたの？」

「わかんねえ……。ばあちゃんはよくわかんねえって言《い》っただろう」

「今《いま》だって、イラクで戦争《せんそう》をしているじゃない。なぜなの？　サッカーのボールを追《お》っかけていったふつうの男《おとこ》の子《こ》が、爆弾《ばくだん》にあたって死《し》んでしまったこと、テレビでみたわ」

「どうして戦争《せんそう》になるんだろうね。死《し》にたい人《ひと》なんているはずないよ。ねえ、ばあちゃん」

「この前《まえ》、原子爆弾《げんしばくだん》が落《お》とされたので、日本《にほん》は降参《こうさん》したって言《い》ったけんど（けど）、それ以前《いぜん》に敵《てき》の飛行機《ひこうき》が日本《にほん》の空《そら》にひんぱんにやってきて、爆弾《ばくだん》を落《お》としはじめたのさ。東京《とうきょう》だけじゃない、いろんな都市《とし》に爆弾《ばくだん》を落《お》として町中《まちじゅう》を焼《や》き払《はら》った。大勢《おおぜい》の人《ひと》が死《し》んだ」

「………」

「………」

「ぼくのじいちゃん、しじみの味噌汁《みそしる》、今《いま》でも食《た》べないんだよ。なぜだと思《おも》う？　それはね、海《うみ》の近《ちか》くの川《かわ》に、死体《したい》がたくさん流《なが》れついて集《あつ》まっていたのを見《み》たせいらしいんだ。そこは大《おお》きなしじみがたくさんとれるところだったんだって」

　雄《ゆう》くんは、おじいちゃんの話《はなし》を思《おも》い出《だ》したのです。

「わたしのおばあちゃん、鶏《にわとり》の肉《にく》、絶対《ぜったい》に食《た》べないの。それってかわいがっていた鶏《にわとり》を食《た》べられちゃったかららしいの」

　みっちゃんもおばあちゃんの話《はなし》を思《おも》い出《だ》したのです。

「おやおや、熱心《ねっしん》なこと、戦争《せんそう》の話《はなし》そんなにおもしろい？」

　ママがアイスクリームを持《も》って部屋《へや》に入《はい》ってきました。

「やったー」

　健《けん》ちゃんの声《こえ》で、みんな目《め》がさめたようです。

「戦争《せんそう》がおもしろいって、言《い》っちゃあいけないよねえ」

　アイスクリームをなめながら紘《こう》ちゃんが言《い》うと、健《けん》ちゃん、雄《ゆう》くん、公《きみ》ちゃん、隆《たか》ちゃんの五年生仲間《ごねんせいなかま》は「そうだよ」って言《い》うように大《おお》きくうなずきました。

よし子《こ》ちゃん、まあちゃん、由美《ゆみ》ちゃんの四年生仲間《よねんせいなかま》も大《おお》きくうなずきました。

「一休《ひとやす》みしたところで、今日《きょう》はここまでにしておこう。どうだね、戦争《せんそう》のこともっと知《し》りたいかい？」

「聞《き》きたいさ。ばあちゃんまだまだ知《し》ってるんでしょう？　ぼくパパに戦争《せんそう》のこと聞《き》いてみる。パパあまり知《し》らないと思《おも》うけどさ」

「わたしもお母《かあ》さんにたずねてみるわ。おばあちゃんから聞《き》いた話《はなし》、覚《おぼ》えていると思《おも》うわ」

「ばあちゃんありがとう。また聞《き》かせてね」

みんな帰《かえ》っていきました。

ばあちゃんは一人《ひとり》ひとりに〝さようなら、さようなら〟と手《て》を振《ふ》りました。

（みんな素直《すなお》ないい子《こ》たちじゃなあ。

あの戦争《せんそう》の後《あと》の、地《じ》ごくのような毎日《まいにち》。みんなのじいちゃんやばあちゃんたちは、そこから起《お》き上《あ》がったこと、あの子《こ》たちに話《はな》してやらなきゃなあ……）。

ばあちゃんは思《おも》いました。

おわりに

新学期となり健ちゃんは五年生に、妹のよし子ちゃんは四年生になりました。

この年頃の子どもにとって、友達は先生や親以上に大切な存在になっています。それほど友達は、子どもにとって引力のあるものであり、それだけに大きな影響をあたえる人間関係なのです。同年代の友達と力いっぱい交流しあう歓喜や満足に、先生も親も太刀打ちできません。

友達との交流のなかで、子どもは急にやる気が出たり、反対に消え失せたりします。いうならば、友達とうまくいっていると勉強にも力が入ったり、明るく元気だったり。そんな〝不思議〟をも生み出します。急に塞ぎ込んだり、何を聞いても答えなかったり、「べつに!」を連発するのもこの頃からのようです。大人たちにとっては難しい時期とも、だんだん扱いにくくなる時期とも言われています。

健ちゃんもよし子ちゃんも友達との交流のなかで、喜びや怒りや悔しさや矛盾にぶつかります。ときには悲しい気持ちや淋しい気持ちになることもあります。

しかし、これらの出会いや心の葛藤を、友達との交わりのなかで繰り返すことは、子どもの成長にとって、とても大事なことだと思います。それは、子どもの「豊かな人間性」の培われる過程であると思うからです。

健ちゃんもよし子ちゃんも、学校や遊びのなかで発生したこれらの気持ちを、ばあちゃんやママにぶつけます。学年が大きくなった健ちゃんやよし子ちゃんのぶつける問題は、真剣そのもので、ばあちゃんもママも頭を傾げてしまうこともあります。

でも、ばあちゃんもママも、二人の話をよく聴いてあげ、求めに応じて子どもの頃の話をします。そのなかで子どもたちは何を感じとっていったのでしょうか。

子ども（人）が人生を力強く生きていくには「知」、「徳」、「体」の調和が大事であるといわれています。

子どもの「知」と「体」の成長の様子は外見からでも推し量ることはできます。しかし「徳」（心の様子）は外見から知ることは大変難しいことです。いつの間にか体が大きくなったように、心もいつの間にか育ってきているのです。

扱いにくくなっていく成長期の子どもの、心の健全な成長を願って本書を書きました。

シリーズ(3)では「戦争」についての話になります。これなくしては、ばあちゃんの話は終えないのです。それは、ばあちゃんは戦中、戦後のなかで少女期を過ごしたからなのです。

シリーズ⑴⑵に登場した健ちゃんやよし子ちゃん、それに二人の多くの友達と一緒に、「戦争」について考えてみたいと思います。

今回の編集も文芸社編集部の佐藤京子氏のお世話になりました。的を射たご指摘にいつも感謝しています。心からお礼を申し上げます。

二〇〇四年十一月

小山　矩子

著者プロフィール

小山 矩子（こやま のりこ）

1930年、大分県杵築市八坂に生まれる
大分大学大分師範学校卒業
東京都公立小学校教諭・同校長として40年間教職を務める
その間、全国女性校長会副会長として女性の地位向上に努める
退職後、東京都足立区立郷土博物館に勤務。足立区の東淵江・綾瀬・花畑・淵江・伊興を調査し「風土記」を執筆する。この作業を通じて歴史的な事物に興味を持つ
主な著書に『足尾銅山―小滝の里の物語』『サリーが家にやってきた―愛犬に振り回されて年忘れ』『ぼくらふるさと探検隊』『ほくろ―嵐に立ち向かった男』『川向こうのひみつ　ばあちゃん、お話聞かせて（１）』（文芸社刊）がある
東京都在住

照美ちゃんかわいそう　ばあちゃん、お話聞かせて（２）

2005年１月15日　初版第１刷発行

著　者　小山 矩子
発行者　瓜谷 綱延
発行所　株式会社文芸社
〒160-0022　東京都新宿区新宿１－10－１
電話　03-5369-3060（編集）
03-5369-2299（販売）

印刷所　株式会社平河工業社

ISBN4-8355-8433-3 C8093